KB027675

허남준 시집

향수에 젖은 그리움

국립중앙도서관 출판시도서목록(CIP)

향수에 젖은 그리움 : 허남준 시집 /지은이 : 허남준. -- 서울 : 한누리미디어, 2016
p. ; cm

ISBN 978-89-7969-720-9 03810 : ₩12000

한국 현대시 [韓國 現代詩]

811.7-KDC6
895.715-DDC23 CIP2016015564

허남준 시집

향수에 젖은 그리움

한누리미디어

책머리에

현재의 생각들을 내일의 삶을 만들어가는 인생
언제나 마음이 만들어내는 것 같다

홀로 피워 홀로 지는 꽃이지만 그 향기에 취해
벌과 나비가 찾아가듯 아름다운 인연의 만남
그때 그 장소에 영혼을 심은 사람들
이 세상 모두가 소중하고 귀한 씨앗 심어
또 하나의 인연으로 만들어가는 것 같다

사람은 누구나 옛 향수(鄕愁)가 있듯
그 향수에 하나의 지표가 되듯 필자 고향 또한
그리움이 남아 있는 귀하고 소중한 문화유산과
묵향이 흐르는 곳이 많이 남아 있으나
다 이 책에 담지 못한 것을 아쉽게 생각한다

'인연의 풍경소리' 에 이어 이번 일곱 번째 시집을
엮으면서 향기롭고 빛나는 소중한 인연 아닌 것이 없고
다 책으로 담지 못해 아쉽지만
그래도 소중한 분들을 작품으로 엮어 보았다

세월 담아 흐르는 강물과 구름은 멈춤이 없는 듯
밤하늘 별들의 뒤를 따르는 달처럼
새벽이슬처럼 깨어 있는 그런 영혼을 그리면서….

병신년 초여름

삼성산방에서 지은이 허남준

차례 Contents

제1부 산수유

제 2 부 금호강

차례 Contents

제3부 대구선

제 4 부 그리운 친구들

차례 Contents

제5부 농월정

제 6 부 하루살이

차례 Contents

제 7 부 대관령 옛길

제 8 부 마음으로 만난 아름다운 인연

차례 Contents

제 1 부

산수유

산수유

산길은 구불구불
호젓한 골짜기를 들어서자
가지 끝에 불어오는 바람을 몰고
세상을 가득 채우는 봄의 향기
지리산 아랫도리를 노랗게 물들인
산수유는 춘심(春心)을 알린다

가지마다 2, 30개씩
작은 꽃들을 주렁주렁 달고
불꽃으로 태우는 햇살에
가을이면 살이 통통 오르는 붉은 열매
가슴에 물들인다

* 전남 구례 대음마을, 반곡마을을 일명 산수유마을이라고도 함.

사성암

한 발 앞은 낭떠러지이고
한 발 뒤는 절벽이니
절벽과 절벽 사이 자리잡은 암자(庵子)
수행자의 도량으로 말이 없다

구름으로 바람으로
좌암(坐岩)하여 흘러간 시간들이
꿈처럼 피어난 듯한 바위는
가득 가득 독경(讀經)하신다

버릴 곳 하나 없는 지리산 풍광
무심(無心)으로 흐르는 섬진강을 바라보고 있는
거대한 바위는 묵언(默言)
사성암(四聖庵)을 안고 잠들어 있다

*전남 구례 오산 사성암은 원효대사, 의상대사, 도선국사, 진각국사 등 네 명의 성인을 배출하였다 하여 '사성암' 이라 이름 붙였다 함.

해안 누리길

바다와 섬 바람을 따라 걷는 길
기암절벽 울창한 숲
끝없이 펼쳐지는 다도해의 풍광들은
침묵을 깨는 영역에서
해풍으로 젖어 흐르고 있다

파도에 부딪치고 물거품이 되어도
말없이 고개 숙여
온몸으로 막아내는 몽돌들은
햇살이 지르밟고 터지는 부신 빛으로
보는 이로 하여금 휴식과 마음을 선사한다

서봉각 등대는 말없이 제자리에 서서
다도해를 바라보며 완도항 드나드는
뱃사람들의 길잡이 역할을 하지만
거기서 그저 하얗게 고독을 삼키고 있다

서쪽 바다 섬

하늘과 맞붙어 있는 넓은 서해바다
해를 삼켜 노을을 토해 낸 듯한 섬
발갛게 타 오르는 듯한데

하얀 금을 캐는 듯한 소금밭을 일구던
사람과 산들도 붉게 물들어 가고 있는 섬들은
내면을 응시하는 삭정이 같은 마음으로
적막감에 휩싸인다

서해바다 끝자락 일천이십다섯 개
섬들 사이사이 놀고 있는 바닷물은
낮이면 몰려와 손에 잡힐 듯 다가섰다가도
밤이면 아스라이 도망친 다음
섬은 섬들끼리 서로가 약속이나 한 듯
속삭이고 있다

*전국 3358개 섬이 있지만 전남 신안군은 1025개 섬으로 이루어져 있음.

제주 무근성길

자취로 남은 성터 골목길
썰렁하다 못해 적막감만 깊어가고
시멘트 블록 담장 벽화들은
옛 흔적을 지우거나 희석시키려 한다

돌담 속 옛집들은
전쟁 시 폭격을 피해 몸을 숨긴 듯하고
짧지만 끊어진 길 중간중간 돌담길은
옛 향수를 살려주는 듯하다

스잔한 바닷바람 속
구멍 숭숭 검은 돌은
가볍고 까끌까끌하지만 정이 많아
한 번 붙잡은 담장 돌은 넘어질 줄 모르는 듯하다

제주 올레길

구멍 숭숭 뚫린 까만 돌담
나지막하게 경계를 지은 사잇길 보리밭
바닷바람에 흔들리며
금빛으로 물결친다

안개구름이 성벽처럼 섬 전체를
둘러싼 올레길 포구
습기 가득 머금은 폭신한 흙
고달프게 걸어온 발걸음을
가볍게 해 주는 듯하다

새하얀 절벽 발밑에
갈매기 나는 해안 절경
사파이어처럼 파란 바다
손에 잡힐 듯한 초록 섬 차귀도
계절 따라 또 어떤 풍경이 보일까?

목포 다순구미마을

세월을 눈치 보며 앉아 쉬는 햇볕이
따뜻하게 비추는 유달산 기슭
덕지덕지 달라붙은 집들은
속살로 아픈 상처를 간직한
그때 그 시절 삶의 회한이
그대로 묻어 흐르고 있다

일백 년 전 일제 강점기 시절
시가지가 그대로 남아 있는 마을
비탈진 골목길 담장마다
가슴 안으로 젖어오는
아픔이 흐르는 풍경은
무거운 지난 세월을 말해 주는
슬픔이여

*다순구미는 해변에서 푹 들어간 양지마을이라는 뜻임.

수선화

바람은 차지만
검은 현무암 돌담 아래
누렇게 마른 풀숲
매끈하게 뻗어난
초록 이파리 사이
꼿꼿하게 피어올린
꽃대 위
수줍은 듯 고개 숙인 수선화
꽃향기로 이른 봄을 알리고
발걸음을 멈추게 한다

조계산 보리밥집

초록 빛 팔 벌리고 있는 조계산 두메산골
붙잡는 산새소리
사람들은 쉽게 발걸음을
돌리지 못하는 듯한 보리밥집
삼 년 묵은 천일염 물로 녹여내려 담근
간장 된장
농부들의 영혼을 먹고 자란 고추장
초록향기 가득 풍기는 산 야채
그 옛날 어머니 손맛으로
정성스럽게 만드는 밥상
마음까지 녹이는 편안함이 든다

범종소리

치면 한꺼번에 터져 나올
새벽녘 범종소리
영혼을 일깨우는
애틋함이 묻어 흐르는 듯하다

아픈 만큼 멀리 들리는 종소리
보이지 않는 바람 따라 다가와
가슴 안을 촉촉이 적시는 목소리로
내 귓가에 다가와서
무지한 영혼의 아픔을
어루만져 주시는 듯하다

제 2 부

금호강

금호강

강변 긴 둑길을 혼자 거닐며
사르르 불어오는 바람에
팔랑거리는 이파리 그날 그대로이고
잔잔히 흐르는 강물은 세월 담아 흐른다

석양이 물들어가는 강물은 길게 흐르고
강물에 흰 구름도 띄우며
실바람 가볍게 스쳐 가면
머물다 가는 나그네 가슴에
그리움으로 흐른다

흐르는 세월만큼 산야를 안고
달빛에 녹아 흐르는 강물
내 고향 민풍을 담아
물굽이 아홉 굽이 비단 폭 고운 빛이
흘러 흘러 낙동강으로 찾아 흐른다

영천 조양각

낮과 밤을 가리지 않고
가야 할 길 찾아가는 금호강 맑은 물 속
밝은 달은 서세루(瑞世樓)를 비추는데

절벽엔 바람에 꺾이지 않는
갈대꽃은 익어가는 가을바람에
하얗게 말라만 가고
유유히 흘러가는 구름의 자국마다
조양각(朝陽閣)은 저녁노을에 젖어들고 있다

그 옛날 선비들의 숨소리 들리는
누각에 걸린 명현들의 시액(詩額)들은
어제도 오늘도 붓 끝에 젖어 흐르는
묵향이 기억하지 못하는 바람에 스쳐간다

*조양각의 처음 이름은 명원루(明遠樓)이며, 그 후 영조 18년 당대의 명필가였던 당시 군수 윤봉호가 조양각을 중창하여 서세루라 하였음. 영남 7대 누각의 하나인 서세루에 걸린 시액들은 포은 정몽주, 율곡 이이, 노계 박인로 등의 시 70여 편을 담고 있음.

영천읍성(永川邑城)

성은 허물어져 자취만 남은 성터
깊어가는 밤하늘에
달과 별을 바라보며
애잔한 풀벌레소리
묻혀 보내고 있다

묻혀 온 지난 세월 동안
가물가물 허물어진 성
뒤돌아보면 성이 아니고
풀숲 우거진 가운데 언덕일 뿐이다

묵묵히 성을 쌓아 올린 사람
성을 지킨 사람은 다 떠나고
기억하지 못하는 바람에 날리는 낙엽만 쌓이고
그리움은 설화로 들려온다

영천 호수종택(永川 湖叟宗宅)

오롯이 제 모습 드러내고 있는
산자락
아픔을 간직한 주춧돌 위
세워진 목조 건축물은
흙과 살고 별을 보며
묵묵히 안으로 안으로만
가슴앓이 태우는 듯하다

적막감마저 감아 도는 종택은
시간을 다독이며 지탱해 온 세월만큼
가슴 태운 종부의 삶이
그리움으로 묻혀 흐른다

세월의 무게만큼 종택을 지켜보고 있는
초록빛 향기 피어나는 향나무(삼백년)는
글밭을 누비는 선비정신을 아는지
오늘도 푸른 창공을 바라보며
고독에 잠겨 있는 듯하다

*경북 유형문화재 제 90호 향나무는 영천시 보호수임.

영천 임고서원

산천을 가득 담아 흐르는 구름은
서원을 바라보며
하늘 아래 슬픔이 너뿐이더냐
참아라 참아 때로는 바람이 와서
쓰다듬고 지나간다

구름으로 바람으로 흘러간 세월을
가득 담아 그리움으로 띄우는 서원은
충신 포은 정몽주 선생 큰 그늘이
학문의 산실이 되어 보석처럼 빛난다

오 백여 년 풍상을 겪으며 묵묵히
천공(天空)을 향해 뻗어 오른 은행나무는
푸르디 푸르건만
설움달로 띄우면 청산도 그도 울겠지

*경북 영천 임고서원은 고려말 충신 포은 정몽주 선생의 고향이며, 포은 선생 위패가 모셔져 있음.
수령 500년 된 은행나무는 경상북도 제 63호로 지정된 보호수임.

매산고택 산수정

산은 산끼리 이어진 나직한 산기슭
햇살도 가슴 열려 있는 곳
자리잡은 매산고택(梅山古宅)과 산수정(山水亭)은
댓잎(竹林) 흔드는 바람소리에
그 옛날 선비의 숨소리 들리는 듯하다

빛바랜 편액은 종택과 서까래를
지켜낸 듯하고
풍경은 수시로 옷을 갈아입는데
서산을 넘어가는 햇살이 아쉬워
그리움을 띄운다

산새 솔바람소리 듣고 있는 산수정
시름없이 바라보는 하늘 멀리
기척 없이 저물어가는 노을을 바라보며
힘겨워 하고 있다

*조선시대 가옥으로 국가지정 문화재 민속자료 24호로 지정.
매산 정중기 선생이 짓기 시작하여 둘째 아들 정일찬 씨가 완성
시켰음.

영천 선원마을

우뚝하게 솟은 둥근 산봉우리 아래
낮은 산으로 둘러싸여 곱게 누운 산자락
고향 산천 굽이굽이 논밭길 가꾸어가는 자호천
마음 속 깊은 흔적을 안고 있는 마을
살아온 무게만큼 고독감이 깊어간다

마을을 향해 당당한 풍채를 드러내고 있는 고택
솔향기 묻어 흐르는 함계정사
바람이 흘리고 간 무거운 정적 위로
종부의 애틋한 삶이 젖어 흐르고 있다

초록빛으로 물든 산과 들은
해와 달이 번갈아 지워 버린
추억을 곱게 간직한 마음은
학산이 병풍처럼 감싸고 있는 듯하다

*함계정사 : 국가 문화재로 230호 지정.
정용준 가옥, 주요 민속자료 107호로 지정.

영천 청제못

채약산 초록 향기 가득 풍기는 산자락
천년 세월을 간직한 못
바싹바싹 타들어가는 논과 밭
알곡을 영글게 하고 생명수를
촉촉이 적셔주는 민풍을 담고 있다

따사로운 햇살이 비추는 산자락
산 그림자 저수지에 내리면
느끼지도 못할 바람에도
그림자는 일렁이고
물무늬로 주름을 만들며
고즈넉했던 호수는 말을 걸어오는 듯하다

*신라 법흥왕 23년에 축조된 것으로 추정하고 있으며 저수지 연대를 간직한 청제비석은 보물 517호로 지정.

영천 팔공산 백흥암

초록이 드리워진 병풍 같은 팔공산
바람도 숨을 멈추는 듯한 백흥암
세월의 무게만큼 찬연한 빛의
숨결이 젖어 흐르고 있다

인연을 끊어놓고 떠나 버린 바람처럼
굳게 다문 선승(禪僧)들의 선방(禪房)
묵언(默言) 속 나를 찾아가는 길은
숨결도 멈춘 듯하다

수행(修行)승의 고행이 마음 속 불빛은
촛불로 밝혀지고 향기로운 극락전과 명부전
업보(業報)의 사슬로 묶인 중생의 목마름이
꽃으로 피어나길 염원하는 염불소리
영혼마저 석향 노을에 젖어 흐르고 있다

*비구니(여승) 선방으로 일반 관광객은 출입이 금지되어 있음. 극락전 수미단(보물 486호)과 감로탱화(보물 790호)를 간직한 천년 고찰.

영천 백학서원

노을도 붉게 물들이는 백학산 산야
아픔을 다독이며
허물어져 가는 서원
깊은 어둠 속으로 묻혀만 간다

수백 년 세월 속 밀려오는 시련을
간직한 서원
사람들은 다 어디로 갔는지
물음에 침묵하며
찾는 이로 하여금 가슴 아프게 한다

적막감만 쌓여 가는 곳
누구 하나 찾는 이 없으니
허무한 생각들이 가슴 안을 파고들며
지나온 뒤안길에 울고 가는 바람이여

*민족교육의 요람에서 폐허가 된 백학서원은 이육사, 이원재, 이진영 등 한일 독립투사들을 양성한 곳이며, 임진왜란 때 소실된 뒤 광해군에 의해 중건되었다.
지금은 당국의 관심 소홀로 쓰러져 가고 있다.

영천 모고헌 옥간정

산 따라 계곡물 굽이굽이 흐르는
물소리 새소리 들리는 모고헌(慕古軒)과 옥간정(玉磵亭)
고요한 밤 하늘 보현산 머문 달빛
적막감만 묻어 흐르고 있다

흐르는 세월에 힘겨워 하는 고목(古木)들은
고택과 정자를 지켜보고 있지만
종부의 숨결소리도
한 줄기 바람 속으로 젖어드는 그리움이여

계곡물에 정자는 흰 구름 띄우고
실바람 가볍게 스쳐가는
푸른 나무 이파리는 그날 그대로인데
지엄한 선비정신은
노을빛 속 돌아보는 인연이여

*경북 영천시 옥간정과 모고헌은 경북 유형문화재 270호와 271호임.

영천 금호 오계마을

나직한 야산자락
바람이 쓸고 지나간 자리
송림(松林)이 낮게 둘러싼 평지 마을
하늘을 향해 위풍당당하게 일어선 고택들
연연한 그리움을 뿜어내고 있다

묵직한 고요 속 파묻혀 있는
만취당과 금산당은
사대부 생활 모습이 물씬 풍기는
침묵의 시간들이 젖어 흐르고 있는 듯하다

소나무 한 그루와 풀 한 포기
맑은 공기 간직한 동구 밖 노송(老松)들은
푸른 고독 햇살 위로
세월이 뒤척이는 아픔을 사루고 있다

*만취당 : 중요 민속자료 175호.
금산당 : 유형문화재 제 333호로 지정됨.
*마을 앞 소나무 숲은 병마절도사를 지낸 조학신(1732~1806)이 직접 심었다고 하며, 수령 30~200년생 소나무들로 구성되어 있으며 천연보호림으로 지정되어 있음.

영천 금호 어은마을

나직한 야산 산자락 따라
골짝마다 한정된 공간 속
자리잡은 가옥들은 집집마다 대문이 없어도
도둑 걱정 없는 마을은
바람과 햇살이 쉬어갈 뿐이다

산그늘이 내리면 하루를 지우고
어둠이 찾아오면 집 앞 논과 산
풀벌레 개구리 울음소리 들리는
푸른 고향 산천은 변하였지만
엄연한 그리움이 별빛처럼 흐른다

마을 입구 왕버드나무 숲 고목들은
세월의 흔적을 고스란히 간직한 채
석양 노을 바라보며 아픔을
바람결에 흘려보내고 있는 듯하다

영천 금호 금창교

금호강 삼백리 가로놓인 낮은 금창교 건너
꽃향기 능금향기 풍기는 온통 능금 밭이었다

초등학교 시절 금창교 아래
가만가만 흐르는 강가
빨래하는 아낙네들 물놀이하는 아이들
비가 조금 많이 내리면 낮은 교량은
물에 잠기어 학교 가지 못하던 추억
저녁노을에 젖고 있다

석양 노을이 물들어가는
은빛 금빛 출렁이는 강물 따라
피라미 버들치 뛰어노는 풍경
세월에 사라진 낮은 금창교
지난날을 뒤돌아보는 그리움의 고향 하늘이여

그리움

잠이 오지 않는 밤은 그리움이
달과 별이 된다
곱게 누운 산자락 따라 푸른 강이 흐르고
고향을 지킨 마실 앞 버들나무 숲은
세월이 흘러가도 가슴을 열어
찾아오는 나그네를 반기고 있다

까닭없이 사무치는 고향길은 변하여
흙먼지 대신 포장된 도로와
그 옛날 능금꽃 향기 풍기는 길은 찾을 수 없지만
마실 앞 삼백 살이 넘은 고목이 된 나무들은
무릎이 휘어지도록 초록 향기가
아리게 번지는 그리움이
아픈 가슴을 재운다

*마실 이름은 어은동(漁隱洞) 물고기가 모여 산다는 이름으로 집집마다 대문이 없으며 마실 입구는 버드나무로 숲이 이루어져 있음. 금호강변에 이루어진 농토로서 일본 강점기에 일본 사람들이 심어놓은 능금나무(국광, 홍옥, 우와이(축), 인도, 골덴, 스타킹) 종류, 과수꽃길이 이루어져 있으나 지금은 산업화에 밀려 찾을 수 없음.

오일장

내 고향 오일마다 한 번씩 열리는 장터
농부들의 영혼을 먹고 자란 농산물과
도시에서 만들어낸 생필품과 함께
북적대는 삶의 흔적을 느끼게 한다

생선 가게에선 비린내가 흐르고
추운 겨울 김이 무럭무럭 가마솥에
올라오는 입맛 돋구게 하는 국밥집엔
약속이나 한 듯 반가운 사람 만나
왁자지껄 막걸리 한 사발 뒹굴며
소식을 묻곤 한다

세월 따라 변한 오일장
옛 모습은 찾을 수 없지만
삶의 길섶에 숨결로 남아
그리움이 실린 바람으로 스쳐 가곤 한다

영천 청통 사일못

상쾌한 초록 공기 머금고 있는
야산자락 저수지 맑은 물속
푸른 하늘 흰 구름 담아
바람에 일렁이는데

저수지 둑길 아래 넓은 금호평야
따스한 햇살과 맑은 바람을 먹고
자라나는 벼들은 푸르름만 더해가고
그 옛날 초등학교 시절 소풍 와서 놀던
회상(回想) 시간이 만나는 모습이여

실바람 일으키는 저수지 갓길을 지날 때마다
하늘을 품는 듯한 저수지
내 마음 속
고요한 물 주름이 생기는 듯하다

제3부

대구선

*대구역
*동촌역
*반야월역
*청천역
*하양역
*금호역
*봉정역
*영천역

대구역

영천 하양 동대구를 지나면
바로 대구선 시종역인 대구역사
흐르는 세월 속
옛 모습은 사라지고
아득한 기억 속에 그림자처럼
그리움으로 지나간다

울먹이는 기적소리
가슴 안 가득가득 안고 오고가던
그 많은 승객들은 다 어디로 보내고
통과하는 무정차 열차를 바라보며 손을 흔든다

흔들리는 바람과 함께 무정차 열차가 지나간 뒤
가끔 정차하는 열차는
세상살이 이야기하는
오고 가는 승객들은
따뜻한 햇살이 비치는
삶의 자욱이 묻어 흐른다

*대구역(大邱驛)
- 1905년 1월 1일 보통역으로 영업 개시.
- 1913년 12월 목조 2층 르네상스 양식으로 신축 준공.
- 1978년 12월 15일 역사 신축 준공.
- 2003년 1월 27일 롯데백화점 민자역사 준공.

동촌역 – 허홍구

동촌 반야월 청천 하양을 지나
금호 봉정 영천으로 이어지는 기찻길
온통 능금밭이었던 동촌 지나면
승객들의 얼굴도 능금 빛으로 붉게 익었다

동촌을 지나면 바로 대구역이었고
이 역을 떠나면 대구를 벗어나는 나들목역
아직도 대구 능금의 향기가 묻어 있는 이곳

백년 가까이 손을 흔들어주던 역사는
오고 가던 그 많은 손님들 다 어디로 보내고
이제 노병처럼 홀로 앉아 편안하게 쉬고 있네

아침 햇살만이 그때처럼 눈부시게 내리는…

*동촌역(東村驛)
- 1917년 11월 1일, 영업 개시(대구광역시 검사동 990번지)
- 2008년 2월 15일, 폐역(근대문화재로 등록되었음)

*위 시는 허홍구 시인이 한국시인협회 연간사화집에 발표한 작품이며 본 시집 편집상 차용하였음.

반야월역

백년 가까이 묵묵히 참아온 역
승객들의 가슴에 담은 역사는
세월의 능선에서 무거운 생각들이
바람으로 누워 있다

따스한 체온으로 오고 가던 승객들
염연한 그리움이 흐르는 역사
모두가 떠난 자리
살아온 깊이만큼 햇살이 비친다

차창에 흔들리는 서러운 이별
반갑게 인사하는 가슴 더운 만남
함께 하는 역사
흘러간 지난날이 추억으로 사라지고
노을빛 서산마루에 바라본 오늘이여

*반야월역(半夜月驛)
-1917년 11월 11일, 보통역으로 영업 개시(대구시 동구 신기동)
-1932년 현재의 역사 준공
-2008년 2월 15일, 폐역(2006년 9월 19일 등록문화재 제 270호로 지정)
-2008년, 대구선 이설, 철도영업 종료. 기존건물은 대구시 동구 신서동 대구선 2공원으로 이전 후 복원
*2011년 11월 29일, 반야월 역사 작은 도서관으로 활용

청천역

바닥을 걸어가는 바람을 몰고
천천히 승강장에 들어오는 열차는
승객들이 내리고 타며
역무원이 손을 흔들면
열차는 떠난다

능금 꽃향기 펄펄 날리는 계절은
숨길 수 없이 깊어만 가는데
역광장을 벗어나자
녹슬지 않는 추억이 되살아나지만
뒤돌아보면 아득히 멀어지는
바람으로 사라져 간다

*청천역(淸泉驛)
- 1917년 11월 1일, 보통역으로 영업 개시(경북 경산시 하양읍 청천리 463-2)
- 1938년 7월 1일, 구역사 준공
- 2008년 1월 1일, 여객취급 중단
- 2005년 11월 1일, 이전역인 반야월역 사이와의 대구선 선로 폐선. 대구선 이설
- 옛 향수를 찾을 수 없지만 정유사들의 저유소가 많아 유류 화물을 주로 담당하고 있는 역으로 남아 있음.

하양역

금호강은 누운 채로 계절을 적셔 가지만
살아온 거리만큼 묻어나는 역
기다림과 두고 가는 아쉬움을
보내야 하는 마음
가슴에 젖어 흐르는 듯하다

한 세월 살아온 아픔만큼
묻어나는 역사
모두가 어려운 시절
추억의 그림자는 세월에 사라지고
제 갈 길을 묵묵히 행하는 사람들
타고 떠나는 역사는
삶의 길목에서
가슴에 남아 꽃을 피우고 있다

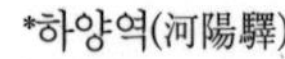
*하양역(河陽驛)
- 1917년 11월 24일, 보통역으로 영업 개시(경북 경산시 하양읍 금락리 153-432)

- 2001년 9월, 현재의 역사 준공
- 2008년 1월 1일, 통근 열차 폐지
- 2011년 4월 1일, 매표소 위탁발매로 전환
- 인근에 대학교가 있어 학생들의 이용이 많음

금호역

기찻길 따라
묻어오는 바람 같은 삶의 자욱이
스며드는 역
차창에 흔들림이 그리움을
지울 수 없는 역사는 지난날의 추억을 그린다

떠나면 잊어질까
반갑게 인사하는 가슴 더운 사람
역무원을 찾아 차편을 물어보는 사람
그 많은 사람들은 다 어디로 보내고
반백 년이 넘은 세월 속
깊어진 내 고향 역사는
밤비 속에 젖어든다

세월에 밀리어 흘러간 시간들이
꿈처럼 피어나고
먼지마저 가라앉아 있는 역사
고달픈 몸으로 홀로 쉬고 있다

*금호역(琴湖驛)
-1918년 5월 20일, 보통역으로 영업 개시(경북 영천시 금호읍 덕성리)
-2007년 여객 취급 중단

봉정역

시작도 끝도 없는
속절없는 세월 속
벽화처럼 걸린 침묵은
바람으로 스쳐간다

세월이 흘러가는 속도로
무겁게 달리는 열차는
무심하게 지나가지만
언제나 간이역을 쓰다듬어 가는 바람은
가슴에 실려 오는 그리움으로
흘러가고 있다

헤어짐과 만남이 그러하듯
이정표 세워놓고
모두가 떠난 간이역
적막감만 깊어간다

*봉정역 : 경북 영천시 관정리 128번지.
금호역과 영천역 사이에 있음.

영천역

산다는 껍질 속
수많은 승객들은
바쁜 일상 속에서도
열차를 타고 내리는 기찻길 따라
치열한 세월의 강을 건너고 있다

지난날의 아픔을 기억하는
급수탑은
총탄 자욱이 남아 있는 6.25 뒤안길을
간직하고 있는 듯하고
인연의 고리 고리 이어지는 역
헤어짐도 만남처럼 숨 쉬는 역사이다

중앙선에 있는 역은 대구선 시종역이기도 하며
한국 철도 100주년 기념하는 스탬프 비치한 역사는
오늘도 그때처럼 햇살이 비친다

* 영천역(永川驛)
- 1937년 세워진 급수탑은 보존상태가 좋아 6.25전쟁 당시 총탄자욱이 남아 있으나 역사적 가치를 인정받아 등록 문화재(50호)로 지정
- 1918년 11월 1일, 보통역으로 영업 개시(경북 영천시 완산동 891번지)
- 1948년 3월 1일, 역사 준공
- 1995년 11월 27일, 현재 역사 준공

제4부

그리운 친구들

복수초

산골짜기 긴 겨울잠에 빠진 언 땅
잔설을 녹이며 기지개를 켜고
세월을 펴 올리며
과력을 발휘하는 복스러운 노란 꽃
대지에 봄을 깨운다

키는 작지만 넓은 잎을 가진 꽃대
햇빛조차 들지 않는 눈밑에서
가물가물 움직이며
뾰족뾰족 돋아나 생긋 웃는 꽃으로
굳세고 씩씩한 청년으로 다가온다

고향집

봄이 오면 능금꽃 피던 고향집엔
벌들의 소리가 귓가에 맴돌고
저녁노을 붉게 물들어 갈 때
불어오는 실바람 타고 꽃잎은
흰나비 떼처럼 날아다닌다

햇살이 풀밭에 물들이는 계절
지난 추운 겨우내 꿈을 가꾸고
살아온 능금나무는 기지개를 켜고
눈을 부비며 꽃으로 피워
한량없는 농부의 기쁨이 될는지…

나의 손과 발바닥

칠십 년 가까이 종노릇 심부름하는
손과 발바닥을 살펴보며
손은 마디마디 주름살이 세월을 말해 주는 듯하고
발바닥은 갈라지고 덕지덕지 붙어있는
각질은 보기만 하여도 흉측스럽다

아침저녁 세수하고 손과 얼굴은
그런대로 로션도 바르고 가꾸지만
발바닥은 너무 홀대하는 것 같아 보인다
그러나 내가 눈을 감으면 이 모든 것이
끝날 일인데
가끔 육신의 무상함을 느낀다

그렇다
내가 그토록 아끼는 육신이지만
숨을 거두면 나의 모든 것이
멍든 대로 멍든 육신이 불에 타면
한줌 재가 될 것이고
그 한줌 재는 자연으로 돌아갈 것을 생각하면
생명의 존엄을 잊어버린 망각 속에
살아가는 것이 과연 옳은 것인가 하는
슬픈 생각이 앞선다

병상에서

홀로 침대 위 생각없이 누웠으면
부서지는 파도처럼
석양에 물든 노을처럼
살아온 거리만큼 눈물이 난다

가만히 눈을 감고 있어도
감춰진 눈물
아픔이 그렇고
맞물린 일상들이 생각없는 눈물이 난다

창밖에 따스한 햇살만큼
기쁨도 그렇고 슬픔도 그렇고
야마(죽음)의 손아귀에
잡히지 않는 삶이 그렇다

그리운 친구들

철없는 초등학교 친구들
그 많던 작은 불알들 다 어디로 흩어졌는지

객지에서 만나기는 쉽지 않지만
학창시절 방학 때엔
대폿집 오뎅 안주 시켜놓고 막걸리 먹으며
철없이 노래 부르던 시절
사일 저수지 횟집에 마흔여덟 장 노래하던 추억
친구 집에서 놀다가 짜장면 시켜 먹던 시절
탱탱하던 다리 힘이 빠져 늙어가지만
추억의 그리움이다

대구에 김태헌, 조상종, 신현수, 황치수(故)
미국에 성영철, 부산 정현채, 서울 정기찬
소식은 듣고 있지만 육신이 늙어가는 세월에
만나기는 생각같이 쉬운 일이 아니구려
흘러간 삶의 애환이 간직했던
세월을 뒤척이는 소리에 만남은
기분 좋은 불알친구들

경주 양동마을

먹구름 걷힌 자리 빛 부신 산자락
골짝 따라 저마다 한정된 공간 속
자리잡은 집들은
안강평야를 바라보며 그리움을 띄운다

세월의 무게만큼 기와로 짊어진
목조건축 숨결이 젖어 흐르는 집들은
오백 년 넘는 이야기 품은 마을로
가족 이웃의 희로애락이 담겨 있다

인연의 언덕 위로
잿빛 추억을 회상하는 사념들이
어제가 되고 또 내일이 되는
들과 산은 노을이 돌아본 듯하다

*손소의 딸이 여강 이번과 혼인하여 큰 학자를 낳아 두 집안이 함께 양동마을을 이루어가는 역사가 시작되었다 함. 세계문화유산으로 등재된 마을임.

청송 덕천마을

산자락 따라
산 그림자 드리우는 덕천마을
백년 넘은 고택이 즐비한 한옥들
세월 속 묻어 흐르는 향기가 풍긴다

추억 속 그리움 피어나는
아흔아홉 칸 규모로 지어진 심부자댁
송소고택은 옛 명성을 말해 주는 듯
향수의 메아리 들리고 새들이 우는
고향으로 지키려 한다

노을 묻은 산
바람이 흘리고 간 뒤 어둠이 찾아오면
달과 별빛을 바라보며
자연의 소리 들리는 숨결이여

금오산 약사암

바람마저 잠들어 깨어날 줄 모르는 곳
자리잡은 암자는
하루 동안 붉은 해를 안아
따뜻함이 묻어 흐르고
석양 노을 빛 머금은 산과 도량은
세월의 무량심에 젖어들고 있다

벼랑 끝 자리잡은 암자에서
바라보는 일출은
멀리 보이는 낙동강 물줄기도
아침 햇살에 제 속살을
드러내는 듯하다

석천정사

나직하고 호젓한 숲속
자리잡은 석천정사 앞
굳은 암반과 험준한 산을 뚫고
흐르는 계곡물
바위 사이 사이 부딪치고 부서지며
뒤척임 속 아픔을 묻고 일어나
앞 다투며 내달리기만 한다

춘양목이 울창한 숲을 이루어
초록 감성이 온몸에 젖어드는
뜨거운 숨결을 간직한 정사 아래
이름 모를 풀꽃이 피어있는 계곡
콸콸 흐르는 물소리 산새소리
선비들이 넓은 바위에 앉아
영혼의 글을 읽는 소리 들리는 듯하다

*석천정사는 충재 권벌의 맏아들인 청암 권동보가 지었음.
*전국 700여 개 정자중 100여 개 정자가 경북 봉화에 있음.

농암종택

청량산 벽력암이 깎아지른 듯 지켜보고
견지산 능선이 낮게 팔을 펼치고 있는
산자락 자리잡은 고택은
시간을 멈춘 듯 적막감만 깊어간다

종택을 감싸고 흐르는 낙동강
높고 높은 푸른 산을 숨는 듯 다시 보는 듯
그립고 그리워도 뒤돌아 오지 못하는 물길은
천리길 굽이굽이 향수에 젖어 흐르고 있다

강 따라 물길 따라 이어진 선비의 길
육육봉과 학소대의 수직단 백운지의 넓은 못
차례로 펼쳐진 풍광들은 사연만 깊어져 가고
시름 많은 마음은 강물처럼 흐른다

나무숲을 훑고 지나가는 바람소리 스잔한데
석양도 아픈 가슴을 안고 붉게 넘어가니
그리움에 젖은 종갓집
밤 하늘 달을 보며 이슬이 맺힌다

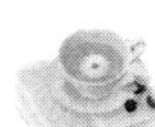

*농암종택은 도산서원 아래 분천동에 모여 살던 영동이씨 집성촌이지만 안동댐 수몰로 인해 농암 이현보(1467~1555) 17대 종손인 이성원 씨가 현재 위치에 복원하였다.

심원정

팔공산 자락 구야천 개울물
흐르는 너럭바위 위
자리잡은 심원정(心遠亭)은
바람도 숨을 죽이고 더듬더듬 건너갈 때
허공을 향해 그리움에 잠긴다

바위도 제 몸 깎아
길을 터 준 구야천 계곡물은
추풍에 지는 낙엽 가는 길을
묻지 않는 듯하고
하늘이 밤을 밟아 달이 뜨고
별들이 빛을 낼 때
선비들이 풍류를 즐기는 듯하다

*경북 칠곡군 동명면에 있는 심원정은 구한말 선비 기헌 조병선(1878~1956) 선생이 1937년에 지은 원림(園林)이다.

제5부

농월정

*지리산 제일관문
*벽송사
*거연정
*농월정
*용추폭포
*상림공원
*태화강
*천성산 홍룡사
*금정산성
*매물도
*거제 해금강
*외도
*학동 몽돌해변

지리산 제일관문

지안재 굽이굽이 돌고 돌아
오도재에서 바라본 지리산
산과 산이 마주 앉아 있는 듯하고
아프도록 짙푸른 초록빛 생명들은
하늘만 바라본다

해와 달 구름을 가까이 만나는
지리산 제일관문은
계절의 발자국이 하나둘 떠나갈 땐
고독이 물들어 오는 슬픔이여

생명이 타들어가는 계절엔
바람은 바람끼리 모여
나무 이파리를 흔들어대는데
홍엽이 뚝뚝 떨어지는 것을 보고 있으면
고독에 물든 슬픔이 몰려온다

벽송사

지리산 산자락 굽이길 돌고 돌아
찾아간 벽송사
허물어진 사지(寺址)엔 군데군데 복원된 전각
수행승의 발길마다 높은 법력은
생명력이 솟아오르는 듯하다

영혼이 머문 곳을 바라보며
숲속 울음 먹는 산새소리
부처님은 말이 없지만
추녀 끝 모서리엔 한세월 멍울지고
이끼 낀 삼층 석탑은
지난 세월만큼 잠기어 있다

어릴 때 가장 불행했던 6.25전쟁
인민군 야전병원으로 사용된 사원
동족의 아픔을 고스란히 담아
가슴 아픈 역사로 남아 있는
아~ 슬픈 역사여

*조선조 1520년(중종 15년)에 벽송 지암대사가 중창하여 벽송사라 하였으며, 6.25 한국전쟁 때 인민군 야전병원으로 이용되다가 소실된 이후 오늘에 이르고 있음.

거연정

나무가 햇빛을 받아 만든 당분이
잎에 싸여 붉게 물들이는 계절
계곡마다 바위와 암반을 타고
말갛게 굽이쳐 돌아가는 물소리 흐르는데
노송과 층층나무 숲 속 어울려 있는 정자는
파랗게 높이 펼쳐진 하늘길을 바라보며
그리움만 사룬다

하늘길이 열려 있는 계곡 따라
큰 바위 작은 바위 옹기종기 모여 있는
틈 사이사이 파고드는 모래와 계곡물이
쉬어가는 곳

넓은 바위에 선비들이 앉아
시상을 떠올리는 곳
주름 잡혀 비켜간 놓아버린 세월
향방 모르는 바람이 스쳐가는 듯하다

농월정

계곡마다 애련의 세월들이 묻어 있는
남강천이 흐르는 안이계곡
유서 깊은 농월정(弄月亭)은
산 같은 고요로움이 그때처럼 흐른다

선비들이 그러했듯 남강천 물길 따라
걸었던 길은
산 높고 골 깊은 푸른 산과 맑은 물이
어울려 펼쳐지는 풍광을 안고 있는
군자정과 동호정은 달빛에 젖어
그리움만 더해간다

어두운 밤을 밟아 뜬 밝은 달은
정자 위를 비추니
선비들의 영혼이 머무르는 곳
바람에 몸을 맡긴 자연의 풍광들이
몸을 흔들며 손짓한다

*선비들이 달을 희롱하여 논다는 정자로 풍류사상이 깃든 시인 묵객들이 거쳐가는 곳임.

용추(龍湫)폭포

지리산과 덕유산을 넘어
기백산 금원산 흙과 바위를 뚫고
높고 높은 곳을
화살같이 뛰어내린 물은
영혼의 귀가 열려 눈을 뜨게 하는 듯하다

천 년을 흘러도
바위를 희게 씻지 못하는 구곡소리
설화로 남아 있는 긴긴 세월
길손들은 말이 없다

울창한 숲과 계곡
돌아갈 여정도 없이 바쁘게 흐르는 물은
가슴에 묻어둔 길은 멀어져 가니
너를 따라 바라본들 무슨 소용이 있겠는가

상림(上林)공원

많은 것을 보듬고 품어준 숲
여름 내내 초록에 꽁꽁 감춰뒀던
농염을 뿜어내는 나뭇잎들
삶을 마감하기 위해
장열하게 뿜어대는 불꽃
걷는 이의 몸도 벌겋게 달아오른 듯하다

세월의 흔적을 고스란히 간직한
숲속 길을 걷다 보면
연이 자라는 못에 고개 숙인 연잎들이
말라만 가고
실개천 흐르는 물은 낮은 곳으로 찾아만 가는데
싸늘히 식어가는 나무들은
다음 봄을 기다리는 듯하다

*상림공원은 신라 말기에 고운 최치원 선생이 함양의 태수로 있을 때 조성한 국내 최고의 숲이며 천연기념물 154호이다.

태화강

바람을 거스르지 않는 강
깊거나 얕거나 구불텅하거나
굳이 서두르지 않는 강물
제 깊이를 따라 흐르고 있다

강변에 자란 대나무 숲
십리 길을 품고 흐르는 물소리
강섶엔 풀벌레소리 깊어가는데
태화강 굽이굽이 흐르는 민풍(民風)
물굽이 아홉 굽이 강물 되어 흐른다

산책하는 이들의
고뇌 한 겹 벗어내는 듯한
굽이굽이 가물대며
아리게 젖어 흐르는 태화강 물줄기여

*울산시 상북면 가지산, 고현산에서 발원하여 신화천, 대암천, 사연천, 동천 등과 합류하여 울산만 동해로 빠져 나감.
태화강은 울산 중심을 가르며 동서 약 36㎞, 남북 28㎞이다.
울산시민의 중요한 식수원이 되어주고 있음.

천성산 홍룡사

천성산 홍룡사 가는 길
쑥 냉이 달래 파릇파릇 눈을 부비는 계절
서로서로 이웃을 거느리며
물소리 바람소리 나누어가는 듯하다

바람이 땀 흘려 달려도
어김없이 쉬었다 가는 경내는
참배객의 무거운 생각들이
초록빛 솔향기에 묻어 사라지는 듯하다

산을 뚫고 쏟아지는 구룡폭포
숨 막히는 사념들이 씻어내린 듯
계곡 돌 틈으로 툭 터지는 물소리
누운 채로 계절을 깨우는 듯
흐르고 있다

금정산성

성곽 따라 걷노라면
하나하나 쌓인 돌이
겹겹의 황혼만 질펀하고
싸늘히 식어가는 뒤안길에 묻히고 가는 듯하다

허물어졌던 성은 찾을 수 없지만
성을 둘러싼 나무들은 나름대로
성과 함께 트인 하늘 바라보며
디딘 땅을 굽어보는 듯하다

성을 쌓던 사람과 성을 지킨 사람들은
모두 떠났지만
수백 년을 삭혀온 긴 한숨소리는
느끼지도 못할 바람소리에 묻혀갈 뿐이다

*부산 금정산성은 금정산(해발 801m)에 숙종 때 축성되었으며 둘레는 약 17㎞이며 가장 규모가 큰 산성이다.

매물도

남쪽 바다 홀로 솟아
바람만으로 호흡하는 섬
가슴으로 부딪치는 파도소리
영혼의 아픔으로 길 없는 생각들이
소리없는 바람 되어 스쳐가는구나

파도가 용솟음치는 절벽
바람의 하소연을 들려주는 바위
천 길 속 수런수런 눈을 뜨는 해초들과
세월의 닻을 올리는데
검푸른 물이 밀려왔다 사라지는
돌아보는 인연이여

거제 해금강

은빛 물결 반짝이는
큰 물결 작은 물결 일렁이는 강물
우뚝 솟은 사자바위
덕지덕지 붙은 세월의
생생한 절벽에서
씻기어 버려진 상처들
미완의 쓰라림이 가슴을 쓸어내고
깊은 고독에 잠겨 있다

아픈 만큼 강해지는 남근바위
사이사이 뿌리내린 나무들
절벽을 붙잡고 실갱이를 하는
아픔을 참아가며
마주하는 하늘자락
해 저문 검푸른 물빛이 더욱 깊어지는
고독이 피어나는 아름다운 자연이여

*1971년 명승 제2호로 지정되어 거제 해금강으로 등재되었음.

외도

여름 섬은 녹색의 울림이다
몸부림을 치고 있는 파도소리
잠을 깬 섬에 자란 푸른 풀잎들
마주치는 풋풋한 소리
텅 빈 가슴에 기어드는
섬이 들려주는 청량함이 묻어 흐른다

꽃향기가 다가와도
나무가 몸짓으로 이야기하여도
늘 닫혀 있는 섬은
세월의 강을 건너
목이 쉰 바람소리에 눈물 훔치며
석양빛에 젖어들고 있다

파도는 힘을 가지고
섬을 부추겨 세우며
시퍼렇고 푸르게 높게 떠올라 있는
파도소리

학동 몽돌해변

바람과 햇살이 잠긴 거제 몽돌해변가
검푸른 갯돌들은 바다가 깎고
서로 비벼대며 모래가 없는 몽돌들을
굴리는 파도가 쳐 아름다운 음악소리 들린다

해안은 언제나 바람이 혼자이지만
하늘을 품고 있는 바다는
고요히 밀려오는 잔잔한 파도로
몽돌들을 굴리고 있다

갯돌 해변에 앉아
차르륵 차르륵 사그락 사그락
몽돌의 연주를 조용히 듣고 있노라면
텅 비어 있는 겨울 바닷가 해변은
쓸쓸하지 않은 듯하다

제6부

하루살이

혼자 가는 길

삶이란 생각은 내일을 위해
만들어 가지만
영혼 속의 집착은 점점 깊어만 가는데

내 것 하나 없는 세상
벗어나야 한다는 마음 밭은 아픔을 이고
시간 속에 묻혀 흐르는
내 인생 디딤돌이여

흔들리는 바람소리
세월은 흘러가도
무엇 하나 내 마음대로 할 수 없는
동반자는 보이지 않아
고통을 소멸시키는 혼자 가는 길
밤하늘의 달무리도 눈물로 녹아내리는구나

종갓집

석양에 물든 푸르른 황금 솔밭 옆
삼가천(三街川)이 흐르는 북쪽
아흔아홉 칸의 거부(巨富)의 고택(古宅)
세월의 숨결로 남아 힘겨워 하는 모습
석양 노을 향해 그리움을 띄운다

산 너머 멀리 속리산 높이 뜬 달빛 아래
크고 작은 능선은 드러누운 자세로
고택을 지켜보지만
세월을 비켜가지 못한 지난 삶의
흔적을 되돌아본다

임한리(林閑里) 솔향기 묻어 흐르는
종갓집 씨간장이 담겨 있는
팔백여 개 장독대
좌우로 가지런히 줄을 선 채 말이 없지만
무겁고 행복한 종부(宗婦)의 삶이
묻어 흐르고 있다

*충북 보은에 있는 보성선씨 종갓집 씨간장은 1*l*에 500만원에 팔렸음

칠층석탑

그날처럼 따사롭던 햇살은 어디 가고
석양에 침묵하는 칠층석탑
중원(中原) 넓은 땅 한가운데
위풍당당하게 남한강을
홀로 지켜보고 있지만
엇갈린 역사 속 발자국소리
그 영혼이 울고 있는 듯하다

아득히 멀어진 역사적 전설로 남은 사원 터
흩어진 구름이 한 데 모여 지켜보는 듯하고
중원평야 야생화 피던 들꽃도
세월 따라 피고 지는데
물굽이 아홉 굽이 남한강 흐른다

*통일신라 때 세운 칠층석탑은 국보 제6호이다.

하루살이

무더운 여름 어둠이 찾아오면
하루살이 벌레들이 죽음을 모르고
불빛을 탐하여 날아들고 있다

비록 보잘 것 없는 작은 몸으로 태어나
오늘 왔다 오늘 가는 몸이지만
죽음 앞에 모든 것은 바람 앞에 티끌일 뿐
잠시 잠깐 이 세상 구경하고 떠날 뿐이다

먹고 채운 게 없으니 묶을 인연의 끈도 없지만
불에 태울 것도 없을 뿐 아니라
썩는 것 냄새 나는 것도 없으니
빈 몸으로 왔다 빈 몸으로 자연에
순응하며 돌아갈 뿐이다

상왕산 개심사

사계절 품고
아낌없이 내려주는 넉넉한 상왕산(象王山) 개심사(開心寺)
빛으로 깊어가고 있는데

전각마다 기둥들은 굽거나 누웠거나
비뚤어져 있거나 휘어져 있거나
자연이 주는 그대로
세월의 흔적을 간직하며
지붕을 떠받들고 문턱과 문지방도
따라 휘어져 있다

대웅보전 추녀 끝
애잔한 풍경소리
힘들고 무거웠던 일 버리면 그만인데
참아온 세월 앞에 돌아보는 서러움
눈물로 흘러 내린다

마애삼존불

바람이 내어준 길 따라
천 년의 미소를 찾아가는 길은
영혼을 푸르게 하는 산과 산
피어난 운무와 먼 서해바다
가슴에 초록 향기만 가득하다

고목이 피워낸 잎새 사이사이 파고드는 햇살은
사색하며 걷기에 알맞으니
가장 먼저 장승이 나그네를 맞이한다

하늘 초록빛 나뭇가지 덮인 바위 속
좌선하는 백제 삼존불은
푸른 향기보다 진한 은은한 천년의 미소로움
하늘도 열려놓고
가슴 속 풀어놓은 밤하늘 별꽃처럼
꽃비 속에 젖어든다

소수서원(沼修書院)

소백산맥 자락 폐사지에 세워진 서원
달빛 별빛 무리지어 그날처럼
시인 묵객들이 노래한 경렴정(景濂亭)에
걸린 현판들은 오늘도 어제처럼
내일을 가고 있는 듯하며
한세대 딛고 선 그리움
솔향기에 묻혀 흐른다

햇살이 출렁이는 숨결을 들을 수 있는
서원을 둘러싼 노송들은
세월의 능선에서 흔들리는 바람소리에
아픔을 이고 있는 듯하다

바람이 흘리고 간 가을길의 나그네처럼
서원 건물마다 조용한 기다림에
침묵도 떠나 보낸 듯하며
세월의 긴 긴 아픔을
정처없이 흐르는 구름에
묻어 흐른다

*통일신라 때 숙주사란 절이 있었으나 세조 3년 단종 복위 운동 실패로 순흥도호부가 폐부될 때 승림사와 함께 소실되고, 당간지주(보물 59호)만 남아있음.

-퇴계 이황이 풍기군수로 재임시, 명종 5년 소수서원이라는 현판과 서적, 노비, 토지를 함께 하사 받아 최초의 사액서원이 되었다 함.

-소수(紹修)란 무너진 유학을 다시 이어 닦게 하라는 대제학 신광한이 지어 올려 명종이 윤허한 것임.

갑오년 한 해를 보내며

세월 참 번개처럼 빠르구나
어느새 또 한 해가 저물어가는 12월
생각해 보니 엊그제 새해 해돋이를 본다고
신문과 TV에서 야단법석이었는데
그만큼 나는 나를 잊어버리고
살았다는 것이다

매년 연말이 다가오면 거리는
캐롤송이 울려 퍼져 가지만
올해는 저작권 문제로 조용하기만 하고
크리스마스 장식만 요란하게
밤거리를 밝히는 것 같다

금년 한 해는 세월호 참사 문제로
말도 많고 원망도 많았던 것 같다
모두가 남을 탓하기 전에
참회하고 용서하며 서로 사랑하고 고백하며
가슴으로 품고 돌을 던지지 말았으면 좋겠다

갑오년 마지막 12월 남은 날은
보신각 종소리가 울려 퍼지는 아쉬워하는
마음은 그리움으로 수놓았으면 하는 마음이다

물도리 무섬마을

물 위에 떠 있는 무섬마을
고택마다 한적한 애련의 세월들
어둠을 끌어안고
한 목숨 꽃으로 피던 시절
가고 싶은 그리움을 그린 듯하다

나직 나직 묻혀 있는 산천과 어울려
내성천을 태극 모양으로
휘감아 돌아가는 외나무다리
그냥 그대로 몸을 내보이지만
제 깊이를 따라 흐르는 강물은 말이 없다

울음을 흘리지 않는 강
유유한 흐름이 비롯되면서
대지를 적시며 알곡을 영글어
사람들을 먹여살리며
아리게 젖어 흐른다

*마을 입향조인 반남 박씨의 박수가 1666년 터를 열고 1757년 그의 증손녀 남편인 선생(예안) 김대가 처가 마을에 자리잡은 이래 두 성씨의 집성촌이다.

간월암

투명한 햇살 받아 빛나는 서해바다
어둠이 찾아오면 파란 하늘 별빛 총총
수면 위를 반짝이고
달빛은 파도와 어울려
끝없이 춤을 추는 듯하다

해풍은 해풍끼리 모여
도량을 감싸안은 사철나무(이백년)와
팽나무(삼백년) 이파리를 흔드는데
가슴으로 불어와 숨결을 고르고 있다

육지가 그리워 부딪치는 파도
뒤척임 속 아픔을 묻고 있는데
적막감마저 감아도는 도량엔
풍경소리 홀로 울지만
부처님은 말이 없다

제 7 부

대관령 옛길

겨울 동해바다

탁 트인 겨울바다
딱 달라붙은 구불구불한
해안도로 옆 바위
끊임없이 일어나 부딪치고 부서지는 파도
작은 번민도 던져 버린다

뜨거운 여름 그리워하는 파도소리
갈 길 잃은 갈매기 한두 마리
고독한 바위에 쉬고 있을 뿐
사계절 변함없이 몸부림치는 파도는
굳어진 마음을 녹이려 한다

생명의 온기라고는 찾을 수 없는
조용히 잠들어 있는 겨울 바닷가
서로가 부둥켜안고 떨어지지 않으려는 모래들
하얗게 부서지고 마는 파도소리에
잠잘 날이 없는 듯하다

대관령 옛길

자갈소리 흙내음 길을 안내하는 곳
숨어들수록 뜨거운 숨결을 간직한
영동과 영서를 갈라놓은
대관령 옛길 마루금은
푸른 초록빛 향기만 가득하다

산은 깊지만 장엄하지 않고
따뜻하게 감싸준 옛길
울창한 숲 아래 길게 드리워진 계곡
어미 품속같이 포근하게 느껴지는 듯하다
울퉁불퉁 돌부리에 휘청거리며
흐르는 물에 몸을 내맡긴 콸콸 흐르는
계곡 물소리
자연의 뜨거운 물결을 오롯이
알려주는 듯하다

고사목

남설악산 한계령 정상 백팔계단 올라가
한계루 정자 가까이 고사목(枯死木)
허물어져 가는 비탈진 산자락
인정없이 세차게 몰아쳐 온 바람과
곧은 것 하나로 마주서 있다

싸늘히 식어가는 눈보라 치는 한기(寒氣)에도
비울 것 다 비워가며 홀로 남아
외로움을 속으로 삼키다 보면
눈물도 말라 버린 듯하다

이파리 이파리마다 그대 울림
남김없이 떨어지고
허물어져 가는 몸은 속까지 모두 사룬 뒤
그 숱한 세월 속 상꽃으로 피어나
남설악으로 일어선 듯하다

*안개, 이슬, 눈이 얼어버린 얼음꽃

펀치볼마을

반구형으로 푹 꺼진 분지
퍽퍽한 산기슭 따라 민통선 땅
북풍한설에 풀 한 포기 제대로
자라지 않는 자갈밭은
사과, 인삼, 포도, 참깨 밭으로 변하여
삶의 향기가 스며들고 있다

고산준령에 에워싸인 마을
지난 전쟁 시 피의 능선인 까칠봉과 도솔산 대우산
흘러내린 핏줄기가 적셨던 땅
분단의 현실을 품어 안고
장엄하고 아름다운 풍경으로 변하였다

지난 슬픈 역사의 흉터로 남아
약초 반 지뢰 반 땅이지만
세월이 흘러간 노력이 이루어진 곳
이제 그 흔적은 지워져
은하수가 흐르는 별천지로 변하였다

*강원 양구 펀치볼마을은 고원 분지이며, 북쪽 능선은 비무장지이며 막혀 있음. 까칠봉 북쪽 군사분계선 안쪽은 스탈린고지가 있고 을지전망대 동쪽은 김일성고지가 있음.
화채 그릇을 닮았다 해서 종군기자들이 붙인 지명임.

적근산 DMZ

흰눈 쌓인 적근산
구름도 흐르다가
회오리 울음 흘리고 가는 바람소리
철조망 보안등은 몸을 떨고 있다

피 눈물 흘리며 지켜낸 땅
끝내 한 발짝도 더 나아갈 수 없는
분단의 금줄 긋고 있는 철책선
녹슬은 한의 아픔을 참아온
세월 속에 묻혀 흐르고 있다

천륜을 갈라놓은 비정한 하늘 아래
DMZ 철조망 먼 발자취로
내려다보이는 북녘땅
바람은 나뭇가지에 물결치고
눈보라 속 파묻힌
호국 영령들의 영혼이
슬픈 역사 속에 묻혀 흐르는 듯하다

양구 시래기

군사 분계선(DMZ)이 자리잡고 있는
도솔산 대우산 대암산 높은 고지
맑은 바람과 햇살이 가꾸어 온 시래기
비 맞지 않는 바람이 잘 통하는 곳
푸릇푸릇 곱게 말린 것을
푹 삶아 우려낸 뒤
질긴 껍데기는 벗겨 내고
갖은 양념 다한 무침과 된장국으로
밥상에 오르곤 한다

보릿고개 허기진 삶처럼
어머님 거칠은 손맛이 배어 있는
고향의 진한 맛이 스며 있는 느낌이여

태백 매봉산

산 아래 빗물이 떨어져
북으로 흐르면 한강
남으로 흐르면 낙동강 발원지인
매봉산 정상(높이 1303m) 운무가
산으로 올라오면 반짝이던 풍경이
잿빛 장막 속에 숨어들고 있다

하늘 맞닿은 구름 속 공간 매봉산 정상
거인처럼 버티고 선 풍차는
파란 하늘 하얀 구름 푸른 배추밭
풍광을 연출하지만 변화무쌍한 날씨
세월의 흐름을 느끼게 한다

힘겹고 고달픈 농부의 삶이 스며 있는
고산(해발 1250m)지대
사랑으로 가꾼 배추밭(40만 평)은
그 누구도 부럽지 않은 희망의 초록빛
파릇파릇 자라고 있다

*한강 발원지인 검룡소, 낙동강 발원지 구문소 샘물은 모두 태백에 있음.

강릉 솔향수목원

솔내음 흘리는 걷고 싶은 숲길
비관하던 마음은 낙관으로
분노와 원한의 바람은 잠들고
자신의 마음을 정화시켜
내일의 삶을 만들어가는 듯하다

하늘 정원 발 아래 보이는 동해바다
흐릿한 햇빛
공기와 물이 흔들리는 듯하고
오늘 하루 삶을 표현하러 진녹색을
내뿜는 노송들
깊은 상처 속에 갇힌 영혼을 일깨워주는 듯하다

작은 용소 계곡물
바쁘게 달려온 탓인지 푸른 숲속 놀다가
동해로 흘러간다

축시

갖은 바람소리 사라지는 청푸른 하늘 별빛
출렁이는 달빛 아래
청잣빛 얼비추는 추억의 바닷가
꿈을 심고 자란 원앙새 같은
신랑 윤동균 신부 김선재
백년가약 약속을 서약하니
하얀 꽃길 따라 마주하는 기쁨이여

이제 기다리고 바랐던 오늘의 인연이
제 위치에 앉아
깊숙이 뿌리 내린 소중한 꿈나무로
사랑하는 이에게 자신을 투자하며
행복의 길도 열린다는 것을 알아야 하고
꽃길에 누운 사랑으로
햇살이
무리지어 오는
너와 나의 목소리에
차근차근 사랑하는 이에게 건네는
법도 익히며
그에게 애절한 사랑일 때

충실한 열매가 있다는 것도 알아야 하느니

가슴 안 가득가득 고운 마음
오래도록 간직한다면
생명의 무위 속을
가슴 넘쳐 흐르는
별빛을 풀어놓은 따스한 하늘이여

허균 허난설헌 기념공원

갈매기 울음소리 하늘 끝에 맴돌고
육지와 경계없이 엉켰다 멀어지는
파도소리 들리는 곳
금강송이 군락을 이룬 교룡산
솔내음 꽃향기 물소리 실어
바람에 띄워 보내니
굳어 있는 내 마음 흔들고 있다

임자 없는 달빛에 녹아 흐르는 경포호
덧없는 마음 구름 속에 담아놓은 듯하고
세상을 잊게 한 평화로운
초당 솔밭 숲속 초록 공기
초당 가문의 숨소리
스며드는 듯하다

*초당 가문의 세 그루 보배로운 나무는 허봉, 허균, 허초희(호 : 난설헌).
허씨 5문장은 허엽, 허성, 허봉, 허균, 허초희.
강릉 바닷가 사천과 이어진 교룡산 정기를 타고난 허균과 난초향과 눈처럼 깨끗한 성품을 지닌 난설헌 허초희는 오누이 문인이다.

제8부

마음으로 만난 아름다운 인연

김덕호—삼대한의원 원장
김두희—경북대 명예교수, 의학박사, 수필가
김득애—주부
김영규—우송섬유 대표
김종대—대구지물상사 대표
김종섭—경북 문경 관음불교미술원 원장
김진희—소설가, 한맥문학 발행인
김태영—대한민국 제42대 국방부 장관
김태헌—전 공군 군수기지사령부 공무원
모석종—경북 영천시 시의원
박춘근—수필가, 국가상징 자문위원
변명규—전 전국대학입학협의회 회장
서석훈—달성서씨 대종회 기획위원
선진규—봉화산 정토원 원장
손영성—(주) 대영건업 대표
양규성—중화양씨 이산제 종친회 총무
양종수—육군사관학교 52대 학교장, 중장
육문스님—대한불교 조계종 전국비구니회 회장, 백홍암 회주
이경호—김해대학교 군사학 부장
이석복—(사) 한국문화안보연구원 이사장, 예비역 육군 소장
이성범, 김재순—전 상주 중앙초등학교 교장/ 전 상주 성동초등학교 교감
이용수—예비역 육군 소장, 시인
이장한—변호사
이정훈 박춘월—금옥교통 회장
전재희—전 복지부 장관, 여성가족부 장관
조경식—예비역 육군 대령
주호영—국회의원
허 호—필자의 아우

김덕호

경북 경산시 경산역 앞
대구 가는 도로
삼대한의원이 있다

대구 한의대를 나와 젊고 새로운 의학상식으로
환자를 따뜻하게 맞이해 주신다
그 옛날 할머니와 어머니가 어루만져 주시던 약손처럼
정성과 사랑으로 환자를 보듬어 진료해 준다

원장은 불편한 몸으로 걸음을 잘 걸을 수 없으나
고통과 어두운 마음으로 찾아가면
변함없는 생각과 한결같은 마음으로
긴장을 풀어주며 진맥을 하고
처방해 주신 약을 먹으면
나와 가족들은 신통하리만큼 말끔히 낫게 해 주신 한의사

편안한 마음을 풀어주며 막힌 곳을
뚫어주듯 침을 놓아주신 비밀
그것은 불편한 자신의 몸을 돌보듯
지극한 마음 그 효능 또한 명확할 것이다

*삼대한의원 원장

김두희

경북대 교수와 동국대 교수를 역임하였고
모교 경북대 명예교수와 한국불교문인협회 고문이신
그는 녹여야 할 것 다 녹여가며
가슴으로 가르친 많은 제자들이 따르고 있다

봄 여름 다 보내고 늦은 가을 텅 빈 오솔길
걸으며 사람의 생명을 다루는 노(老) 학자
꽃피운 그 정신
노송의 향기가 묻어 흐르는 듯하다

선비정신으로 학문과 문인으로
마음의 꽃을 피운다지만 믿음의
신앙이 꽃피운 그 연꽃 향기가
더 짙어 보이는 듯하다

불심이 가득한 그는 세월을 흔드는 바람에
영혼의 별들이 뒤를 따르는 달처럼 밝아 보인다

*문경 출신이며 경북대학교 의과대학 명예교수, 전 동국대학교 의과대학장, 의학박사, 수필가.

김득애

바람 불고 파도쳐도 늘 푸른 바다에는
평화롭게 헤엄치는 물고기가 있듯이
그가 품고 있는 바다 푸른 물결도 읽었다

비 오는 날 우산을 펴고 가는 마음으로
가족들의 영혼을 가슴에 안고
노송의 향기가 흐르는 천년 고찰에서
두 손 모아 가족의 영혼을 보듬어 본 적도 있었다

서로가 힘이 될 것이라고 믿고
아름다운 꿈을 꾸고 살아가는 행복한 부부는
어느 날 젖은 가슴 저편으로 깊은 강이 흐르니
허허벌판에 홀로 가는 걸음도 멈출 때가 있었다

힘들고 어려울 때 밭 갈고 씨앗 심어
열매를 맛보며 임이 그리워질 땐
석양 햇빛에 뭉쳤다 흩어지는 구름을 보며
멍든 상처를 어루만져 준다

둥근 달은 날마다 강으로 오고
강물은 날마다 하늘로 오르고

*원앙새와 다름없는 부부는 공직생활을 마감한 뒤 수년전에 남편을 잃었다.

김영규

고도(古都) 경주 남산자락 천년 노송 향기가 흐르는 곳
따뜻한 가슴을 품어 생각과 마음을 담았다

배반들 보리벼가 익어가는 계절엔
들판 같은 성품을 가꾸어 가며 경주 명문고를 나와
동국대학교(경주)를 졸업하였다

바람처럼 지나가는 젊은 한 때
필자와는 종소리 풍경소리 눈물 흘리던 곳
향 연기 그윽함이 흐르는 성전에 불 밝힌 적 있으며
영천댐 불어오는 강바람에 아픈 사연을 담아
한세월 저쪽으로 놓아버린 적도 있었다

섬유회사를 경영하는 그는 땀을 뻘뻘 흘리며
직접 부지런히 뛰어다니는 사장
섬유에 대한 자부심과 뛰어난 친화력으로
다가가서 고객들의 마음에 확실한 믿음을 심어주고
사랑받는 업체로 샛별처럼 주목받기도 하였다

인내력과 의지력이 강한 그는
황금 들녘 일렁이는 밝은 햇살이 환하게 드리워진 듯하다

*우송섬유 대표

김종대

대구 약령시장 사거리에 가면
백년(108년)을 훌쩍 뛰어넘은 삼대가 이어온
대구지물상사 사업장이 있다
그가 경영하는 사업장은 업계의 으뜸이다
정직과 부지런함과 패기 넘치는 힘으로
성심을 다하여 고객들의 마음에 꽃을 피우고 있다

한때 대구라이온스 회장직을 수행할 때는
소외된 이웃에게 희망의 마당을
마련해 주었고, 나눔을 실천하려는 그는
나누어서 행복의 씨앗을 심은 적도 있었다

욕심이 많으면 근심이 생기고 탐욕은 재앙을 부르며
스님들이 수행하신 공간을 영혼을 담은 마음으로
벽지를 깨끗하게 도배하여 드렸다

나는 그를 보고 더욱 믿고 보증한다
참 정직하고 부지런한 사람
피 눈물 흘리지 않고 웃음이 어디 있으리라만
괴롭고 고단할 때 기쁨으로 승화시켜 가는 그는
노송의 향기가 흐른다

*대구지물상사 대표

김종섭

햇살이 쏟아지는 정겨운 포암 산자락
자리잡은 관음불교 미술원
고결한 화폭의 삶이 들꽃으로 피어
향기를 풍긴다

가슴 깊이 파고드는 근심과 아픔이 될 수 있는
군종 성직자로 임관한 그는
중 · 동부 전선(DMZ)을 담당하는 칠성부대 백암사
군 장병들의 무거운 가슴 속
이슬 같은 맑은 감로수로 부처님 법을 담아주기도 하였다

초연한 침묵 속 그의 불화를 보고 있노라면
보는 이의 영혼을 눈뜨게 하는 듯하며
해가 돋는 자리에 어둠이 찾아오면
달이 놀고 별들이 빛을 내는 듯하다

가장 작고 낮은 자리지만 귀한 씨앗이
불화로 싹을 틔우니 영혼의 꽃밭을 만들 것이다

*경북 문경 관음불교미술원 원장. 경상북도 무형문화재 39호

김진희

큰 산 봉우리처럼 믿음직한 몸
경상도 사투리 편안하게 대화를
풀어나가는 솜씨 있는 분
경남 남해 출신 소설가 월간 『한맥문학』 발행인이다

젊은 한 때 바위처럼 묵직한 업장을 소멸하고자
출가하려 마음먹고 가야산 해인사 암자에
잠시 머무른 적도 있었다

한맥문학 이전 농민문학 발행 때 생각
고뇌의 사슬을 떨쳐 버리고자 그림책과
뿜어대는 담배연기에 날려 보낸 적도 있었다

덧없는(諸行無常) 세월 이치를 깨달은 그는
어려운 고비마다 가슴 가득 가득히
품고 있는 불심(佛心)은 세월을 넘어
영혼이 새벽처럼 깨어 있는 듯하다

*소설가, 한맥문학 발행인

김태영

깊을수록 소리 없는 강물처럼
큰 걸음 말 없이 걸어가는 그는
서울 명문 고등학교를 나와 육군사관학교를 졸업하였다

몸과 정신이 힘들어도 깊은 꿈속으로 삼킨 그는
전 후방 주요 보직을 두루 수행하였으며
육군 제1야전 사령관과
합동참모본부 의장(대장)으로 전역하였다

국가안보 조직에 한평생 몸담아온 그는
국방장관 재직시 서해 연평도 사고로
마음을 잠시 무겁게 한 적도 있지만
병역 미필자가 군을 얼마나 알기에
그놈의 정치가 무엇인지 알 수 없는 일

이제 모든 것 풍경소리 종소리에
마음을 가다듬고 국가안보 조직을 위해
오늘도 열정을 쏟아가며
자신을 태우는 송진에 취해
불꽃처럼 활활 타 버릴 소나무인지도 모른다

우리는 그 향기에 홀렸었다

*대한민국 제42대 국방부 장관

김태헌

고향집 뒤에는 기적소리 들리는 기찻길
앞에는 보리 벼가 익어가는 것을 보며
아름다운 미래에 대하여 꿈도 꾸었다

지금은 고향이 아닌 객지에서 만나기 쉽지 않지만
학창시절 방학 때엔
너도 하나 친구도 하나 귀한 자식들
맛깔 넘치는 반찬 따뜻한 밥을 지어주시던
친구 어머님 그 정성어린 손맛
군 훈련병 시절
모두가 지난날의 추억이 가끔 되살아나곤 한다

대구 명문 사학고등학교와 영남대학교를 졸업
모든 공직을 그만 둔 뒤
누구보다 친구들과 화합을 중요시하는 그는
가슴에 묻어둔 보따리를 다 풀어놓고
수성못 불어오는 바람소리에
불붙은 마음을 흩날린 적도 있었다

호사 없이 살아온 지난 세월 돌아보며

햇살을 부수며 핀 야생화 향기가 스며 있는
대구 신천이 흐르는 강변 따라
오늘도 가벼운 발걸음을 옮기며
남은 세월을 녹이고 있다

*전 공군 군수기지사령부 공무원

모석종

언제 보아도 사나이다운 묵직함과
의리의 사나이 풀숲이거나 돌밭이거나
머뭇거리지 않고 헤쳐가는 바람처럼
품는 듯 뜨겁기만 하지만
마음은 강물이듯 여유를 보인다

시민에게 잘 알려진 그는
달리 설명하지 않아도 다 알고 있는 만큼
시정을 가장 바르게 알고 올바르게 판단하는
시의원이다

패자의 아픔과 비판의 시선을 넘어
모르고 있었던 시 민심도 온몸으로 익혔다
시민에게 희망을 주는 시의원이 되겠다며
푸른 노송 같은 각오다

믿음 없는 시민이라 하여도 낮은 곳의
이야기를 듣고 받는다면
큰 산은 반드시 우뚝 솟아 늘 품을 것이다

*경북 영천시 시의원

박춘근

석양에 물든 금호강 은빛 물결
무악산 산자락 따라 이루어진 푸른 하양 들
세월 안고 가는 발자취 지울 수 없는
빈 가슴 눕히는 고독의 향기였다

한 때는 황악산 자락 천년 고찰 직지사
영혼에 낀 먼지를 쓸어낸 적 있으며
삼직 소임시 천불전 복원불사와
불교정론을 펼쳐가는 언론의 일꾼
늘 깨어있는 자세로 수행과 포교에 불 밝힌 적도 있었다

맘과 맘을 전달하는 국가 조직 부처에
몸담은 적도 있으며 무궁화 육성 보급과
선양에 앞장서 울림이 있는 강의로 듣는 이로 하여금
국화(國花) 무궁화 향기를 젖게 한 적 있었다

이제 대지를 촉촉이 적셔 나가는 물결처럼
남은 세월 제 맘 찾아 다스리는 발길
어느 침묵의 성자가 따로 없는 것 같다

*수필가. 국가상징 자문위원

변명규

내가 푸르고 젊어 싱싱하던 시절
육군 삼사관학교 군종법사(軍宗法師) 재직시
대구 수도암 대학생 불교연합회를
운영하는 법우였다

명확한 두뇌력과 책임감 있게
업무를 추진하지만 가슴 한 쪽에는
부드러운 강물이 선율처럼 흘러가며
신선함을 간직하고 있다

솔향기 바람소리 초록빛이 물든
경북 청도 출신
부부는 부처님이 맺어준 인연으로
불제자로 살아가고자
신앙심의 꽃밭이 더 향기롭다

세월이 많은 것을 잊게 하지만
그는 한결같이 자신을 낮추어
자리하는 모습은 드러나는 것보다
속 깊은 품격을 헤아리게 한다

*전 대구 한의대 입학팀장과 전국 대학입학협의회 회장.

서석훈

수백 년 풍상을 견뎌온 버드나무 숲
숨어들수록 뜨거운 숨결을 간직한
초록빛 향기 가득한 곳 내안에 고인
진한 영혼을 깨우는 깊은 인연이다

군(軍) 복무시 기쁨과 슬픔 고통이 따를 수 있는
특전사(1공수)에 붉디 붉은 작약꽃처럼
피었다 지는 젊음을 불태운 적도 있었다

사람의 재산중에 지식만한 재산이 어디 있으리랴만
전통문화를 소중하게 여기는 그는
스스로를 여과시켜 나가는 흐르는 물처럼
지식과 마음으로 익힌 수양이
많은 사람들이 그를 따르는 까닭이다

오랜 인연으로 함께한 만남은 어둠을 걷어내는 듯
안부를 묻고 세상을 편안하게 밝힌 듯
웃음으로 소주 한 잔에 꽃을 피우기도 한다

자신의 행복을 밖에서 찾지 않고
안에서 만들어가는 진한 관솔의 향기를 풍긴다

*달성서씨 대종회 기획위원

선진규

봉화산 정상 호미든 관음보살님
어둠을 걷어내며 정토원을 밝히니 영혼의 햇살이여

바람 앞에 촛불처럼 꺼져가는 나라를 구하기 위해
미군 보급부대 복무시 왼쪽 볼엔 총알이 관통하여
수십 번 죽음의 고개 넘긴 적도 있었다

동국대학교 총학생회장을 하였고
부처님 법을 전한다는 원력 하나로
조계종 신도회장, 상임법사, 청년회장을 맡아
불교계 저변 확대하는 데 앞장서 오기도 하였다

풀뿌리 민주화시대 경남도 무소속 의원으로
의장을 역임하였으며 정치권과 불교계를 넘나들며
믿음의 희망과 자비로 내일을 밝히기도 하였다

'눈감는 순간까지 목표를 향해 최선을 다할 뿐' 이라는
말씀과 '죽을 수도 늙을 수도 없다' 는 노(老) 법사님 법문은
지친 영혼을 일깨워 주고 밝혀 주신다

*봉화산 정토원 원장

손영성

흙먼지 일으키는 비포장도로
탱자나무 울타리 따라
능금꽃 향기 넘치는 길
그리움이다

대구 명문 중고등학교를 졸업한 그는
한층 더 참아야 할 나의 길은
가슴 안으로 젖어 흐르는 아픔 속
외로움이 별이 되고 빛이 되었다

어떻게 성공했는지 푸른 가슴 날마다
창문을 열 수 있는 길을 묻지 않아도 알 수 있다
더는 일어설 수 없을 만큼 넘어지고
참지 못할 수모도 견뎠으리라

송화(松花) 향기 앉아 있는 산사(山寺)
내 영혼 눈 뜨게 할 수 있는 길을 찾아
두 손 모아 밝힌 적도 있었다

아프지 않은 삶이 어디 있으리라만

그 응어리 다 녹여 빛나는 별이 될 때
캄캄한 가슴도 환하게 빛나는 하늘이 될 것이다

*(주) 대영건업 대표

양규성

녹음이 짙게 드리워진 물 깊이 스며 있는
대구 시민의 젖줄과 다름없는 가창댐
자리잡고 있는 신천 상류지역은
그가 꿈을 심고 자란 곳이다

진달래꽃처럼 피었다 지는 절정의 묵은 향기
바람에 흔들릴 땐 외로운 설움을
누구보다 잘 아는 그는
따뜻한 밥을 손수 퍼 담아 주는 가족의
애틋한 정을 담아 주는 기쁨도 있었을 것이다

피보다 진한 정을 가진 형제들과 가족 간의
애틋한 정이 흐르고 있는 그는,
연연한 인연의 줄에 흰 눈발이 내린다

대나무처럼 선비정신이 흐르고 있는 그는
한세월 저쪽으로 보내놓고 나더니
양씨 종친회 총무를 맡아 탁월한 능력을 보이고 있다

만나면 부드러운 정이 흐르고

돼지국밥에 소주 한 잔 곁들여
서로 안부를 묻고 지난 세월을 더듬어가는
그리운 사람…

*중화양씨 이산제 종친회 총무.

양종수

진녹색 내뿜는 초록 잎으로 물든 한라산
공기도 가슴에 담았다
바람 불면 묵직한 파도치는 모습도 보았다
햇살이 반짝이는 넓은 바다를 보며 꿈도 심었다

산 계곡마다 햇살이 가득 비치는 아침
국토방위를 위해 젊은 날의 꿈을 포기하지 않는
신병들과 와르르 와르르 진달래꽃 온몸에
불을 지르듯 싱싱한 젊음도 불태웠다

강직한 성격에 불의를 참지 못하지만
군사분계선 DMZ 철책선을 앞에 두고
험준한 산 넓은 호수를 안고 있는 중동부전선을
책임진 그는 탁월한 지휘 능력을 보이기도 하였다

백 년 가까이 역사를 자랑하는 불암산 자락
자리잡은 모교이자 후배이며 생도들 가슴 속
국가안보관을 담아 주는 그는
하늘의 별들도 내려와 반짝이고 있었다

*제주 명문고를 나와 육군사관학교 졸업.
육군사관학교 52대 학교장, 중장.

육문스님

팔공산 일자봉은 눈보라 휘몰아쳐도
누가 뭐라 해도 제 모습 그대로 우뚝하다

그리운 팔공산 품속 자리잡고 있는 백홍암
영혼을 눈뜨게 할 수 있는 내면의 길을 찾고자
무너지고 부서지는 혼결한 잠결에도 깨어나
자신을 태우는 송진 향기에 취해 본 적도 있었다

뜨거운 것 식혀 차갑게 하는 얼음산 하나
녹여야 할 것 다 녹이는 화산을 가슴에 품고
난초 같은 모습으로 살아가시는 스님

허물어져 가는 백홍암 복원 불사를 마무리하자
지난 세월의 발자국 소리를 듣게 된 스님
폐사지와 다름없는 법주사(경북 군위) 중창 불사에
몸과 마음 영혼을 심어 불살라 오셨다

아프지 않은 영혼이 어디 있으랴만
아플수록 강해지는 흐트림 없는 수행자의
깊은 꿈 아련히 삼킨 스님

어두움을 더듬어 넘어가는 석양 노을빛처럼
아름답다

*대한불교 조계종 전국비구니회 회장. 백흥암 회주.

이경호

생각해 보니 벌써 20년 전의 일이다
나는 전역하였고 그는 현역시절 동문으로 귀한 만남이 되었다

대구 명문 사학 고등학교와 육군 삼사관학교를 졸업
특전사(5공수)에서 국가관을 심어주는
책임자로 꽃피운 영혼을 불사른 적도 있었다

성격이 올곧고 강인하여 불의를 참지 못하지만
품성은 온화하고 다정다감한 마음으로
향토 50사단 감사실장으로 안보조직 생활 20여 년
육군 중령으로 예편하였다

바람에 흔들리지 않고 피는 꽃이 어디 있으랴만
지금은 김해대학교 군사학 부장
가슴이 뜨겁고 열정적인 강의로
듣는 이로 하여금 영원히 잊을 수 없는 추억이 된다

이 땅에 자랑스러운 것은 이러한 스승과
더불어 국가 안보를 지키는 제자들이 있기 때문이다

*2군사령부 감사관과 경북과학대학 교수 역임.
현재는 김해대학교 군사학 부장.

이석복

더 넓고 소리 없이 흐르는 한강처럼
보이지 않는 무언가에 강한 긍정적인 생각을
가진 힘으로 육군사관학교를 졸업하였다

눈보라 속 피었다 지는 붉은 동백꽃처럼
수없이 넘어지고 쓰러져도 일어나는 오뚝이처럼
야전군에 몸담아 꽃향기 눈물 향기 흘리며
젊음과 지친 영혼을 일깨우고 밝힌 적도 있었다

달빛 속 능선이 아프게 누운 산야
철조망과 지뢰띠로 조여맨 DMZ
중부전선 열쇠부대를 책임진 그는
끊을 줄 아는 용기와 지혜로 탁월한
지휘 능력을 보이기도 하였다

육군 전후방 주요 보직을 두루 마친 후
한미연합사 군사정전위 수석대표
소장으로 전역하였다 그 후
국가를 사랑하는 그 마음 그 응어리 다 녹인
땅 위에 피워 올린 꽃대는 직함보다 더 귀한
향기가 그윽하다

*(사) 한국문화안보연구원 이사장. 예비역 육군 소장

이성범, 김재순

경북 상주시 사는 초등학교 부부교사
꿈속처럼 멀어져 간 내 고향 꽃내음 풍기는 곳
그날처럼 따사롭던 햇살을 받아가며
아름다운 꿈을 꾸고 사는 행복한 부부다

힘들고 어려울 땐 상주들 푸른 초록공기 받아가며
두 마음 눈부시게 조건없는 사랑으로
곱고 아름다운 어린 제자들을 보듬으며
많은 제자들에게 희망의 불빛을 밝혔다

젊은 날 걸어가던 힘겨웠던 세월 속
한평생 몸담아 온 교직생활 40여 년
가슴으로 가르친 많은 제자들이 따라온 고향에 있다

바라본다 저 후미진 산자락 오솔길
파란 하늘 눈부시게 걸려 있는 곳을 향해
오늘도 부부는 삶의 향기 스며 있는
영혼의 숨결에 젖어가고 있는 듯하다

* 전, 상주 중앙초등학교 교장.
  전, 상주 성동초등학교 교감.

이용수

먹구름 걷힌 자리 빛 부신 김천 땅
생각을 헹궈가는 아름다운 꿈도 심었고
불암산 자락 돋아나는 햇살 받으며
육군사관학교를 졸업하였다

육군 전후방 주요 보직을 두루 수행한 그는
때론 땅끝 누운 산자락 북쪽을 바라보며
한평생 몸 바쳐온 국가안보 조직에
동해 경비사령부 부사령관(소장)으로 전역하였다

그간 가슴에 묻어둔 그 응어리 다 녹여
자신을 끌어내는 듯한 따가운
햇살에 만들어 낸 그윽한 시인
꽃향기 가득 묻어 있는 듯하다

그날처럼 따사롭던 햇살은 어디 가고
꿈속처럼 멀어져 간 그리움을 간직한 그는
별빛 같은 마음으로 세월을 녹이고 있다

*예비역 육군 소장 및 전 소비자연맹 감사. 시인

이장한

달빛에 미쳐 울던 풀벌레소리 들리는
맑은 금강이 흐르는 충남 연기 출신
명확한 판단력과 빈틈없는 성격이지만
짙푸른 속 다스려 우려내는 백련다향(白蓮茶香)
그윽함이 풍긴다

속세의 티끌 하나 의심조차 머물지 않는 산사(山寺)
내 영혼 깨어나는 곳을 찾고자
잠시 머무른 적도 있었다

서울 명문 고교를 나와 서울대학교를 졸업
국가안보 조직에 몸담아 십수 년
육군본부 고등군사법원 판사 등
법무병과 주요 보직을 두루 거쳐
국방부 군수본부 법부실장으로 전역하였다

큰 욕심 부리지 않는다는 그는
흐트러진 마음을 모으게 하는 기술 있는 법률가로
비우고 나면 그 속이 더 크게 보이는 법
오래된 장맛처럼
진한 사람의 향기가 풍긴다

*변호사

이정훈 박춘월

비바람 견디지 못한 나무는 일어서지 못한다
뚝심과 지혜로 어려운 일도 헤쳐 나왔고
시민의 손과 발과 다름없는 사업을 구상하는 그는
소리 없는 깊은 강물처럼 여유롭다

부인은 가족을 가슴에 품고
하늘 초록빛 나뭇가지 덮인 산사(山寺)에서
해맑은 영혼이 가슴 속 파고드는 불심(佛心)으로
가족들의 영혼을 두 손 모아 보듬어주며
어두운 밤 등불이 되어 밝힌 적도 있었다

한때는 대구광역시 남구의회 의장을 지냈고
통일라이온스클럽 회장으로 지역사회 어려운 이웃에게
희망의 햇빛을 쬐게 한 적도 있었다

부부는 바람이 내어준 길 따라 초록 공기 가득한 곳
가슴을 열어놓고 흰 공이 쇠망치에 맞아
흰 새처럼 멀리 날아가는 모습도 감상하며
지난 힘든 일 모두 내려놓으려 하고 있다

시원한 그늘을 만들어 주는 한 그루 나무와 같은 마음으로
묵은 인생의 향기를 풍기며 세월을 더듬는 부부는
아름다운 노을이다

*금옥교통 회장

전재희

대성저수지 물안개 짙게 드리운 날
잎사귀마다 맺힌 물방울 초록으로 물드는 계절
세월의 발자취는 가슴 속 피어난 꽃 향기였다

산계곡마다 흐르는 물은 산을 에돌아
천리길 이루어 나아가는 큰 강물은 소리 없이 흘러가듯
대구여고와 영남대학교를 졸업하였다

노동부 국장 재직시 땀 흘려 일하며 행복을 맛보려는
노동자의 마음을 가장 낮은 곳에서
눈물겨운 꽃향기를 가슴 속에 담아주기도 하였다

풀뿌리 민주화시대 민선시장으로 경기 광명시장 2회
국회의원 3선과 보건복지, 여성가족부 장관
복지부 장관을 역임하신 분
빛나는 도전과 집념은 스스로에게 엄격하고
부지런하였다는 그는 제 본향 출신이다

그 길을 더듬어 따라가 보면 그가 남긴
발자취는 매화꽃 향기처럼 번지는 듯하다

*전 복지부 장관 · 여성가족부 장관

조경식

동백꽃 향기 피워 오른 오동도
조국 근대화 산업이 물결치는 화학단지 도시
남쪽 바다 갈매기 울음소리 들리는 곳
그리움이다

늘 닫힌 마음을 열어 익을수록 파릇파릇한
청포도를 닮아가는 그는
육군 삼사관학교를 졸업하고 국가안보 조직에
한평생 몸을 담아 병과로는 보기 드문
대령으로 전역하였다

닫힌 마음을 열어 경험과 사랑으로
자녀를 믿고 의심치 않는 교육으로
사람의 생명을 다루는 익어가는 열매를 맛본 그는
석양 노을처럼 아름답다

명예를 소중하게 생각하며
마음과 마음을 이어주는 그는
푸른 잎사귀와 꽃잎이 하나하나 시들어가도
묵은 인생의 향기를 풍기며
스스로 만족하며 행복을 만들어가는 듯하다

*예비역 육군 대령

주호영

숨어들수록 뜨거운 숨결을 간직한 숲
만나면 마음을 편안하게 끌어당기는 힘
진한 관솔의 향기를 풍긴 듯하다

법관 재직시 어느 한쪽으로도 기울지 않는
울림이 있는 판결로
가슴으로 깨닫게 하고
영혼을 일깨운 적도 있었다

굽이쳐 흐르는 강물이듯
머뭇거리지 않고 막힌 곳을 뚫어 멈춘 곳을 흐르게 하며
여의도연구소장 등 당 소속 주요 보직을 두루 거쳐
특임장관을 역임하였다

거친 바닷길 홀로 항해할 때 마음
몸을 낮추고 길을 열어 낮은 곳의 이야기를 듣는다
믿음 없는 시민이라 하여도
열린 가슴으로 받든다면
불꽃은 꺼지지 않을 것이다

*전 대구지방법원 부장판사. 전 특임장관. 제 17대, 18대, 19대, 20대 국회의원.

허 호

삼 백 리 맨발로 달려가는 금호강 강변
흙을 밟을 수 있는 밭을 일구는 그는
선택한 가장 작고 낮은 자리 그곳에는
하늘을 우러러 살아가는 복숭아 자두나무
잎과 잎이 가슴을 열고 서로를 마주하고 있다

사랑으로 가꾼 복숭아 자두나무는
지난 추운 겨울 상처를 받아들인 듯하고
이른 봄 벌과 나비 유혹하는 꽃향기
눈물향기 흘리는 곳을 바라보며 영혼으로 늘
소통하고 있는 듯하다

흙을 밟고 과실수를 가까이 하며
홀로 먼 길을 걸어야 하는 고독한 나그네
마음을 가진 적도 있었으며
회오리치는 파도로 푸른 꿈도 꾼 적도 있었고
짙푸른 맘 높이 일으켜 춤추는 파도 같은
마음도 일어났을 것이다

그는 무엇을 받쳐 그 대가(代價)의 고통이 얼마나

힘들었을까 보다는 따뜻한 햇살처럼
밝고 깨끗한 열매들이 가슴 속으로 스며들기 때문이다

*고향을 가꾸는 필자의 아우.

인연 그리고 향수

— 허남준 시집 《향수에 젖은 그리움》

채 수 영
(문학박사 · 문학비평가 · 전 신흥대학교 교수)

1. 시와 상상력의 원천

시는 체험을 찾아가고 축적하는 일에 헌신하는 글이다. 물론 시적 장치라는 고도의 기교가 내포될 뿐만 아니라 산문과는 달리 세상의 모든 것을 포함하는 큰 그릇을 응축(凝縮)이라는 문자에 새겨 넣는 일종의 다이아몬드를 만드는 일과 비견될 것이다. 다시 말해서 크고 많은 것을 단 하나의 알갱이로 수축하는 방법은 기술이 아니라 창조라는 말로 정리된다. 창조는 있는—존재하는 것에 대한 길항(拮抗)이고, 있는 것에 대한 소멸을 강조하는 점에서 창조는 시의 영역과는 다를 것이다. 그렇다 해도 시는 항상 인간존재의 영역에서 벗어나는 것이 아니라 그 존재물을 빛나는 것으로 만드는 역할 또한 예외가 아니다. 왜냐하면 시는 인간의 모든 영역과 우주를 포함하는 독특한 양식이기 때문이다. 여기서 시의 자리는 여타 산문

이 범접하지 못하는 세계의 입구를 찾아야 하는 시인의 독특한 임무가 주어질 뿐만 아니라 독자 또한 공감의 세계로 인도하는 빛나는 길을 만드는 점-상상력의 원천을 갖고 시인만의 성(城)을 구축한다. 다시 말해서 시인은 이 성의 성주일 때, 그가 빚은 시는 훌륭한 정신 구성원의 역할이 주어진다.

허남준 시집 《향수에 젖은 그리움》은 성주(城主)로서의 위엄과 독자를 향한 메시지가 명료한 설득력을 갖고 흐름을 유도한다. 이제 그 흐름에 동승하여 시의 맛에 취할 계제(階梯)이다.

2. 인(因)과 연(緣)의 결합

시는 시인의 의식을 떠나서는 생명을 나타낼 수 없다. 이는 시인의 삶과 개성 그리고 인연의 모든 줄기가 어우러져서 비로소 형상화된 의식으로 형체를 갖추게 된다. 여기서 개성이란 시인이 살아온 삶의 이력이 고스란히 들어 있을 때, 시인의 사상과 삶의 궤적이 일목요연하게 수용된다.

이 시집 〈책머리에〉에는 두 가지의 시적 모티브가 중요성을 강조하고 있다. 첫 번째는 인연의 줄기가 씨앗과 꽃으로 형상화하는 길 찾기요 두 번째는 향수(鄕愁)에 대한 관념이다. 향수의 지표는 고향의식이 무겁게 자리한다는 두 가지 특성을 강조한다.

그렇다면 불교에서 인연(hetupratyaya)이란 무엇일까? 인(因)은 인과 연을 생기게 하는 내적이고 직접적인 원인이 인(因)이라 하고, 외부에서 이를 돕는 간접적인 원인이 연(緣)이다. 일체의 존재는 모두 인연으로 낳고, 인연으로 멸(滅)하는 바, 생성과 소멸의 원리가 내재한다. 인간의 존재는 인과 연의 원리 즉 인연의 관계를 끊으면 열반(涅槃)에 도달할 수 있지만 그 길은 항상 자기 속에서 나타나는 신기루의 그림자에 불과할 것이다. 물론 서로의 연결고리를 갖고 바퀴를 굴릴 때, 인연륜(因緣輪)이 나타나고 생은 그 속에서 돌아가는 진행이 비롯된다.

홀로 피워 홀로 지는 꽃이지만 그 향기에 취해
벌과 나비가 찾아가듯 아름다운 인연의 만남
그때 그 장소에 영혼을 심은 사람들
이 세상 모두가 소중하고 귀한 씨앗 심어
또 하나의 인연으로 만들어가는 것 같다

– 〈책머리에〉 중에서

인연의 법칙이 작동된다. 다시 말해서 오늘 바라보고 있는 정원의 아름다운 꽃은 씨앗이라는 인(因)의 내적 작용에 의해 비로소 햇살과 토양과 바람의 조력을 받아 꽃이 되는 바, 이는 인연의 줄기가 외적인 도움을 받을 때, 비로소 눈을 뜨는 개화의 지경에 이른다는 법리가 이룩된다.

허남준 시인은 이런 인연의 법칙－논리－불교는 정치(精緻)한 논리의 구축 위에 세운 철학이다. 기독교의 협박성과는 다른 점에서 설득력을 갖는 종교－신을 섬기지 않는 철학의 바탕을 갖고 있다. 씨앗의 자기성은 외부의 조건과 합치될 때, 오랜 시간의 깊이에서 비로소 눈을 뜨고 현실의 땅으로 아름다움을 보여주는 꽃으로 환생하는 것은 불가의 원리와 대입하면 심오(深奧)하다. 시인은 이런 원리를 그의 시에 대입함으로써 자기의 본질과 삶의 연기(緣起)를 바라보는 시선이 독특한 이유가 내장된다.

두 번째 특성을 요약한 말은 향수이다. 이는 여러 각도로 설명이 있을 수 있지만 자기라는 존재-인에서 나오는 연의 줄기를 암시한다. 왜냐하면 내가 있음으로 비로소 남과의 관계설정이 나타나기 때문이다.

> 사람은 누구나 옛 향수(鄕愁)가 있듯
> 그 향수에 하나의 지표가 되듯 필자 고향 또한
> 그리움이 남아 있는 귀하고 소중한 문화유산과
> 묵향이 흐르는 곳이 많이 남아 있으나
> 다 이 책에 담지 못한 것을 아쉽게 생각한다
>
> - 〈책머리에〉 중에서

보이는 것은 변한다. 이는 현실은 변화의 원리 속에서 새로운 것을 찾아나서는 것과 같은 이치가 윤회한다. 인간사나 우주나 있었던 것이 나타날 뿐이지 새로운 것은 없다. 다만 새롭게 보이는 인간의 눈이 영생의 시야(視野)와는 다르기 때문이다. 다시 말해서 인간의 눈은 찰나(刹那)를 바라볼 뿐 우주라는 거대한 이치-불교는 이런 이치를 내포하고 있어 설득력을 갖는다. 향수는 연(緣)에 해당된다. 아버지, 어머니 고향 그리고 삶의 이력 등등이 모두 연의 줄기를 갖는 이유가 된다. 향수의 개념이 찾아 나선 '지표'의 상징성은 곧 고향의 이미지에 연결되면서 시인은 인연의 내적인 요소와 외적인 요소를 교묘하게 결합하여 시화(詩化)의 길을 찾아 나선다. 물론 인연의 설득력을 시로 설명하는 방법에서는 매우 간명한 이치이지만 불교를 모를 때는 지난(至難)하다고 할 수도 있을 때, 철학을 바탕에 깔고 허남준의 시는 출발한다.

1) 풍경

보이는 것을 풍경이라 말한다. 이는 마음으로 바라보는 상상의 풍경도 있고 또 실제로 나타난 아름다운 경치를 한정할 때도 있다. 그러나 경치라 말할 때는 아름다움을 불러오는 자연현상을 주로 언급한다. 그러나 허 시인의 경치는 좀더 다른 각도의 설명이 필요한 것도 사실이다. 〈산수유〉에서는 아름다움이 궁극에는 '가슴 물들이는' 내면의 공간으로 젖어들고 〈해안 누리길〉에서는 길잡이 풍경이 역시 내심(內心)으로 향하는 고독이 다가든다.

한 발 앞은 낭떠러지이고
한 발 뒤는 절벽이니
절벽과 절벽 사이 자리잡은 암자(庵子)
수행자의 도량으로 말이 없다

구름으로 바람으로
좌암(坐岩)하여 흘러간 시간들이
꿈처럼 피어난 듯한 바위는
가득 가득 독경(讀經)하신다

– 〈사성암〉 1, 2연

'한 발 앞은 낭떠러지' 와 '한 발 뒤는 절벽' 이라는 위태의 공간에 하필이면 암자를 짓고 수행을 했을까? 물론 원효, 의상, 도선, 진각 스님이 설명할 일이지만 설령 설명을 한다 해도 침묵으로 웃는 일이 고작일 것이다. 왜냐하면 설명 그 자체도 무의미한 일이기 때문이다. 절경의 절벽 사이에 암자는

결국 구원의 길이 여기서 발원한다는 지리적인 설명이 되기 때문이다. 다시 말하면 인간은 절망을 안고 비로소 희망을 키우는 설명이 가능하다. 즉, 암담한 어둠 속에서 희망의 빛을 찾고 구원의 메시지를 보내는 특성이 있다. 평안하고 화려하고 느긋한 곳에서 탈출의 방법을 찾을 수는 없다. 인간의 특성을 고독과 아픔과 시련이 클수록 그 아픔과 절망의 벽을 뛰어넘는 용맹을 발휘하려는 능력을 나타낼 수 있게 된다는 뜻이 내장된다.

사성암의 지리적 위태성은 곧 앞으로도 뒤로도 나아갈 수 없는 절체절명의 상황에서 타개할 수 있는 구원의 방도가 나타난다는 의미가 아닐까? 이는 서양 실존철학에서 야스퍼스가 말한 한계상황(限界狀況)과 같은 의미를 구유(具有)한다. 이로 보면 절망이 곧 희망을 찾는 방법이라는 논증이 성립된다.

치면 한꺼번에 터져 나올
새벽녘 범종소리
영혼을 일깨우는
애틋함이 묻어 흐르는 듯하다

아픈 만큼 멀리 들리는 종소리
보이지 않는 바람 따라 다가와
가슴 안을 촉촉이 적시는 목소리로
내 귓가에 다가와서
무지한 영혼의 아픔을
어루만져 주시는 듯하다

– 〈범종소리〉 전문

구원은 여러 방법이 있을 것이다. 그러나 소리의 의미는 남다르다. 천상에 도달하고자 울리는 종소리와 물의 세계로 다가들어 구원의 손길을 나타내려는 부처님의 손길은 우주의 모든 영역을 커버한다. 소리는 결국 인간을 깨우치는 일면 구원의 메시지로 작동되는 길을 만든다.

신라의 만파식적(萬波息笛)의 고사는 '비유컨대 한 손으로 치면 소리가 나지 않고 두 손뼉을 마주쳐야 소리가 나는 것과 같습니다. 이 대나무는 본디 합한 뒤에야 소리가 나도록 되어 있습니다. 이것은 훌륭하신 대왕께서 소리로써 천하를 다스리게 될 상서로운 징조입니다.' 신라 31대 신문대왕 때의 설화이다. 조화의 마주침 즉 소리로써 천하를 다스리는 일은 일찍이 불가에서 범종의 이미지와 별반 다를 바 없는 사실이다. 다스림이란 말 대신에 평화와 사랑을 주는 의미를 갖는 일이 종소리의 의미라면 만파식적은 곧 사랑과 평화의 의미가 널리 퍼지는 업적으로 치부될 상징에 이른다. '아픈 만큼 멀리 들리는 종소리' 와 '가슴 안을 촉촉이 적시는 목소리' 는 다름 아닌 종소리의 기능이 인간에게 평화와 안온함을 주는 소리의 역할로 치부될 수 있을 것이다.

2) 고향

모든 시인들은 고향의 이미지에 자신의 태(胎)를 꺼내는 이미지를 동원한다. 고향은 어머니의 의미와 유사하고 또 삶의 원천을 찾아가는 시어로 작동되기 때문이다. 비단 허남준 시인만의 고향에 대한 애착은 아니다. 그의 고향은 곧 삶의 근원으로의 의식이 집요하게 시의 길을 재촉하는 의미가 강하다. 이런 과거추향 의식은 어쩌면 앞으로 나가는 것보다 뒤돌

아보기의 행동 양식과 비슷하지만 태어난 본원의 길을 돌아보는 일은 과거로의 여행이기 전에 추원보본의 마음에 깃든 인간애를 의미하는 것 같다.

영천에 대한 애착과 그로부터 경상도의 여러 문물이 곧 시의식의 중추역할을 수행하고 있음은 유다른 면모를 장악한다. 지금은 고인이 된 영천의 친구 이한호 시인—그와 나는 '서세루동인'을 한 적이 있을 만큼 애착의 지명이다. 더불어 영천의 국회의원을 지낸 〈염길정론〉을 쓴 적이 있다. 그는 불행하게 한 권의 시집을 엮고 자살로 비운의 운명(殞命)을 마감했다. 이들은 모두 고향 영천에 남다른 애착이 있었던 것으로 기억한다.

> 성은 허물어져 자취만 남은 성터/ 깊어가는 밤하늘에/ 달과 별을 바라보며/ 애잔한 풀벌레소리/ 묻혀 보내고 있다// 묻혀온 지난 세월 동안/ 가물가물 허물어진 성/ 뒤돌아보면 성이 아니고/ 풀숲 우거진 가운데 언덕일 뿐이다// 묵묵히 성을 쌓아 올린 사람/ 성을 지킨 사람은 다 떠나고/ 기억하지 못하는 바람에 날리는 낙엽만 쌓이고/ 그리움은 설화로 들려온다.
>
> –〈영천읍성〉 전문

살기 좋은 땅 경북 영천의 애착은 곧 시인의 정신을 잇대는 중요성으로서 비단 영천의 추억에 담겨진 관심 이전에 자기의 생명에 대한 줄기를 찾아나서는 생각이 깊게 자리하고 있다. 이는 본질의 추구이고 근본을 이해하면서 시의 길과 맞닿은 시정(詩情)의 유추가 가능해진다.

그러나 고향의 추억은 항상 허무와 아픔이 수반된다. 다시 말해서 추억과는 반비례의 정서가 앞장선다는 뜻이다. 고향의 애틋함이 깊을수록 허무의 농도 또한 짙은 음영을 드리우기 때문이다. 왜냐하면 예전의 고향이 아니라 변해 버린 추억이 덩그러니 놓여있는 것 같은 허무가 다가들기 때문이다. 이런 정서는 비단 허 시인만의 사실은 아니다. 누구나 그런 생각을 갖는 것은 변화를 수용하기 어려운 인간의 심사에 있음이 이유가 된다. 때문에 허 시인은 '성을 지킨 사람은 다 떠나고/ 기억하지 못하는 바람에 날리는 낙엽만 쌓이고/ 그리움은 설화로 들려온다' 의 쓸쓸함을 불러오는 길이 넓게 열린다. 결국 가득했던 고향의 추억은 막상 고향과 대면하면 변화 앞에 쓸쓸함과 허무를 감당해야 하는 현실 앞에 추억의 문이 넓게 열릴 뿐이다. 〈영천 청제못〉, 〈영천 백학서원〉, 〈모고헌 옥간정〉, 〈오일장〉 등 감당하기 어려운 기억이 출몰할 때, 그리움의 길이 다시 다가든다.

수백 년 세월 속 밀려오는 시련을
간직한 서원
사람들은 다 어디로 갔는지
물음에 침묵하며
찾는 이로 하여금 가슴 아프게 한다

적막감만 쌓여 가는 곳
누구 하나 찾는 이 없으니
허무한 생각들이 가슴 안을 파고들며
지나온 뒤안길에 울고 가는 바람이여

– 〈영천 백학서원〉 중에서

시인의 설명으로 보면 백학서원은 임진란 때 소실되었고 광해군 때 중건되어 민족교육의 요람이었고 이육사, 이원재, 이진영 등의 독립투사를 양성한 기관—돌아보는 시인의 마음 속에는 우울과 아픔이 일렁인다. 더불어 허무의 무게에 짓눌리는 심사는 전해져야 할 뛰어난 기상이 훼손된 슬픔의 진원(震源)이 되기 때문이다.

세상사는 급변 속에 진행된다. 왜냐하면 머물러 있는 것은 없고 오로지 변화 앞에서 인간은 추억을 반추하려는 과거지향이 슬픔으로 작동되는 이유이기 때문이다. 여기서 고향의 정서가 항상 추억의 이름과 동렬이 되고 또 서글픈 향수병을 불러오는 원인 제공의 공간이 된다. 이는 정이 많은 인간의 탓이지 비난할 이유는 아니다. 5일장의 버글거리는 인파가 마트라는 생소한 이름으로 변했고, 더러는 백화점의 으리으리한 상품이 과거의 5일장과는 비교할 수 없는 현실—따끈한 국밥이나 막걸리의 홍취가 사라진 공간의 아픔—인간미를 상실했고 거기서 느끼는 추회(追懷)에는 서글픈 뉘앙스가 시의 단골 메뉴가 된다.

잠이 오지 않는 밤은 그리움이
달과 별이 된다
곱게 누운 산자락 따라 푸른 강이 흐르고
고향을 지킨 마실 앞 버들나무 숲은
세월이 흘러가도 가슴을 열어
찾아오는 나그네를 반기고 있다

까닭없이 사무치는 고향길은 변하여

흙먼지 대신 포장된 도로와
그 옛날 능금꽃 향기 풍기는 길은 찾을 수 없지만
마실 앞 삼백 살이 넘은 고목이 된 나무들은
무릎이 휘어지도록 초록 향기가
아리게 번지는 그리움이
아픈 가슴을 재운다

– 〈그리움〉 전문

인간은 시간의 등을 타고 빠르게 앞으로 가지만 의식은 과거에 머물러 있기를 원한다. 이는 변화를 수용하기보다는 오히려 현실에 머물러 있기를 바라는 뜻이 강한 이유도 원인이 될 것이다. 이러한 사실 때문에 고향 길은 슬픔의 길이요 이미 낯선 사람들이나 건물 그리고 낯익은 길들이 넓게 변하여 나그네의 심사에 외로움을 전해 준다. 다만 추억만이 찾아가는 길이지만 그곳엔 큰 버들 숲이 반길 뿐 이방의 서늘함은 고독의 그림자와 마주선다. 능금 꽃이나 포장된 도로의 시원함이 오히려 '아리게 번지는 그리움이/ 아픈 가슴을 재운다'에 이르면 이미 고향은 마음 속에서만 일렁이는 파도자락일 뿐이다.

3) 오감의 추억과 자화상

역(驛)이란 말을 들으면 낭만적인 생각이 든다. 특히 시골의 작은 간이역은 추억과 생활의 애환이 교차하는 이름이기도 한다. 통학열차가 달리면 거기엔 꼭 따라오는 사랑의 감수성도 있었고 더러는 자잘한 일들이 엮어져서 삶의 근본이 될 때, 기차역은 확실히 낭만의 파문이 역과 역 사이를 이어주는

인심의 교류처였을 것이다. 〈대구역〉, 〈동촌역〉, 〈반야월역〉, 〈청천역〉, 〈하양역〉, 〈금호역〉, 〈봉정역〉, 〈영천역〉 등의 교차가 진행되는 것과 시심의 추억은 등가(等價)를 이루면서 아련한 기억의 숲으로 들어가는 열차의 모습이 보인다.

영천 하양 동대구를 지나면
바로 대구선 시종역인 대구역사
흐르는 세월 속
옛 모습은 사라지고
아득한 기억 속에 그림자처럼
그리움으로 지나간다

울먹이는 기적소리
가슴 안 가득가득 안고 오고가던
그 많은 승객들은 다 어디로 보내고
통과하는 무정차 열차를 바라보며 손을 흔든다

흔들리는 바람과 함께 무정차 열차가 지나간 뒤
가끔 정차하는 열차는
세상살이 이야기하는
오고 가는 승객들은
따뜻한 햇살이 비치는
삶의 자욱이 묻어 흐른다

– 〈대구역〉 전문

대구선의 시발인 대구역에 묻힌 기억이 나열된다. 낭만이

면서 애환이었고, 사랑이었고, 그리움이었고, 또 이별이면서 만남이었던 역(驛)의 추억은 아름다움이 더 많은 함량일 것이다. 지나는 길손의 표정에는 호기심이 들어 있고 만나는 얼굴에는 기쁨과 흥분이 솟구치는 일들은 역에서 갖는 이름들이다. 긴 세월의 흔적이 교차하면서 추억이 만들어졌고 사람과 사람의 정이 가고 오는 길에서 만나는 역사의 층계는 많이 변했을지라도 기억을 지울 수는 없는 일이다. 때문에 시인은 시심을 앉혀 차근차근 과거의 일들을 시로 만들어 창조의 기록을 남기려 한다.

현대는 스피드에 먹히는 인간의 고독이 질펀하다. 비행기를 위시해서 자동차의 증가와 더불어 기차의 추억은 점차 사라졌고 더불어 황량한 스피드에 묻히는 인간의 심사 또한 외로움과 고독으로 의상을 갈아입을 때, 나이든 시인의 정서에는 고독의 밀물이 스며든다. A.A 밀른은 '열차란 행복 되기에 아주 이상적인 곳이다' 라 했는데 〈토요일부터 일요일까지〉에서 한 말이다. 더불어 기차는 이별을 싣고 빠르게 가면서 빠르게 잊으라는 소리를 남기고 간다는 것이 적당할 것 같은 낭만적인 회상의 싱싱한 공간이다. 왜냐하면 이별에서는 새로운 길이 다가오고 변화가 예상되기 때문이다.

4) 친구들의 애환

인간은 세상을 지나면서 버리지 못하는 기억에는 부모와 친구가 앞자리를 차지할 것이다. 골목길의 어린 친구들이나 나이 들어 직장의 친구들 그리고 학생시절의 친구들에게서는 인생의 짙은 향내가 난다. 많으면 좋을 것이지만 꼭 많다고 좋은 것만은 아니다. 익자삼우(益者三友)와 반대의 손자삼

우(損者三友)라는 고사의 말이 있듯 친구는 '좋은' 일 때엔 스승 다음 순위에 드는 종요한 삶의 동반자일 것이다.

홀로 침대 위 생각없이 누웠으면
부서지는 파도처럼
석양에 물든 노을처럼
살아온 거리만큼 눈물이 난다

가만히 눈을 감고 있어도
감춰진 눈물
아픔이 그렇고
맞물린 일상들이 생각없는 눈물이 난다

창밖에 따스한 햇살만큼
기쁨도 그렇고 슬픔도 그렇고
야마(죽음)의 손아귀에
잡히지 않는 삶이 그렇다

– 〈병상에서〉 전문

인생의 길에는 길다면 길고 짧다면 짧다고 누구나 말한다. 어린 시절에는 빨리 세월이 지날수록 좋다는 생각을 갖고 살면서 청춘을 지나 장년 그리고 노년에 접어들면 점차 삭막해지고 쓸쓸함이 가을바람의 스산함과 스며드는 한기(寒氣)에 놀라게 된다. 어느새 세월이 빠르게 지나갔다는 실감이 들게 된다. 더구나 병상에서의 외로움은 더욱 추연(惆然)한 슬픔을 갖게 된다. 더불어 언젠가는 세상을 하직한다는 생각이 머물면 한기는 더욱 추위를 강화한다. 그러나 시간의 벽을 넘지 못하는 인간의 한계는 항상 서러운 이별 앞에 어쩔 줄 모르는 망연함이 사실이다. 예의 허 시인도 병상에서 그리운 친구들과의 기억을 불러 속삭이지만 허무의 어둠에 갇히게 된다. 제2연에서 시인은 '눈물' '아픔' 의 목록에서 빠져 나올 수 없는 슬픈 체험의 밭을 헤매는 인상이다. 다시 말해서 '살아온 거리만큼 눈물이 난다' 는 고백은 가까운 사람들이 점차 떠나가는 이별의식이 느닷없음도 한 몫을 하는 인상이다. 삶이 화려할수록 돌아보는 허무는 깊고 답답할 것이다. 더구나 '홀로 침대에 누워' 있는 병상의 아픔은 주마등같이 추억의 길이 아픔의 길로 애달파질 것이기 때문이다.

불란서 속담에 '친구와 포도주는 오래 될수록 좋다' 라는 말이 있다. 친구는 역시 오래 될수록 다정하고 가깝고 격의 없는 우정에 가슴이 환히 열리기 때문이다. 그렇다면 오래 된 친구란 어쩔 길 없이 학창시절의 우정이 된다. 철없던 시절의 추억은 결국 인생의 맛이었고 인생의 동반자였고 삶의 윤활유였기 때문에 돌아가 만나서 역설로 주고받는 강을 건너고 싶은 열린 마음이 된다.

철없는 초등학교 친구들
그 많던 작은 불알들 다 어디로 흩어졌는지

객지에서 만나기는 쉽지 않지만
학창시절 방학 때엔
대폿집 오뎅 안주 시켜놓고 막걸리 먹으며
철없이 노래 부르던 시절

사일 저수지 횟집에 마흔여덟 장 노래하던 추억
친구 집에서 놀다가 짜장면 시켜 먹던 시절
탱탱하던 다리 힘이 빠져 늙어가지만
추억의 그리움이다

대구에 김태헌, 조상종, 신현수, 황치수(故)
미국에 성영철, 부산 정현채, 서울 정기찬
소식은 듣고 있지만 육신이 늙어가는 세월에
만나기는 생각같이 쉬운 일이 아니구려
흘러간 삶의 애환이 간직했던
세월을 뒤척이는 소리에 만남은
기분 좋은 불알친구들

– 〈그리운 친구들〉 전문

불알친구라는 말은 다정하고 오래된 친구와 죽마고우의 또 다른 정감을 준다. 대폿집에서의 질펀한 사연들이나 짜장면에 흰 이를 드러내면서 허겁지겁 먹어치웠던 일들은 돌아갈 수 없는 먼 기억의 사연들이다. 생의 무상감이 들고 만나기 어려운 서로의 처지에서 다만 생생한 기억의 문을 열고 묵언(默言)의 고백을 일삼는 노년의 처지가 허무의 깊이에 빠진다. 그러나 어찌할 수 없는 처지에서 돌아보는 일이 아름다움으로 다가드는 문을 결코 닫을 수는 없다. 왜냐하면 삶의 장면 장면이 소중한 이름들이기 때문이다.

5) 삶의 무게

개인이거나 집단이거나 아니면 민족이거나 역사에는 무게

가 담겨진다. 삶의 이력이 곧 역사라는 페이지를 이룩하면서 점차 두꺼워지는 아픔과 즐거움이 들어 있기 때문이다. 여기서 삶이란 곧 무게를 어떻게 이룩하는가의 여부가 결정된다. 다시 말해서 전통이란 말은 세월의 특성을 부르기 때문에 거기엔 실감나는 이야기가 펼쳐질 것이다.

한 집안의 전통을 이룩하는 것도 어렵지만 이를 지키는 전통은 더욱 어렵다. 빠르게 변화하는 세월에서 개성의 묵수(墨守)란 어쩌면 외골수가 아니면 안 되기 때문이다. 마치 변화는 쉽지만 지키는 전통은 더욱 어렵다는 말이 적당할지 모를 일이다. 〈하루살이〉는 하루를 사는 짧은 운명—인간은 이를 어떻게 무시할 것인가? 하루나 일 년이나 백 년은 우주의 시간으로 보면 하등에 차이가 없을 것이기 때문이다. 영생을 꿈꾸던 진시황은 50여 세에 죽었지만 지금 인간의 수명은 100세 운운이 보편적인 현상—돌아보면 시간의 개념은 다만 인간의 관념일 뿐이다.

무더운 여름 어둠이 찾아오면
하루살이 벌레들이 죽음을 모르고
불빛을 탐하여 날아들고 있다

비록 보잘 것 없는 작은 몸으로 태어나
오늘 왔다 오늘 가는 몸이지만
죽음 앞에 모든 것은 바람 앞에 티끌일 뿐
잠시 잠깐 이 세상 구경하고 떠날 뿐이다

– 〈하루살이〉 1, 2연

하루를 살거나 백 년을 살거나 시간의 순서는 같다. 다시 말해서 하루를 산다 해서 하루의 시간이 의미 없는 것이 아니고 백년을 산다 해서 의미가 두꺼워지는 것도 아니니다. 여기서 삶의 가치의 문제가 대두된다. 아마 하루살이의 시간은 하루 24시간이 엄청 긴 시간일지 모른다. 인간의 가치로 하루살이를 평가하는 것은 어쩌면 모순일시 분명하다. 우주의 긴 시간 속에서 인간도 하루살이와 별반 다름이 없기 때문이다.

내 것 하나 없는 세상
벗어나야 한다는 마음 밭은 아픔을 이고
시간 속에 묻혀 흐르는
내 인생 디딤돌이여

- 〈혼자 가는 길〉 2연

누구나 혼자 간다. 그러나 혼자라는 생각에는 슬픔이 고인다. 더불어 함께 갈 수 있는 길이 아닌 것이 인간의 길이기 때문이다. 허 시인은 70길의 허무를 감지하고 외로운 고백이 두꺼워진다. 그러나 마음을 달리 바꾸면 인생(人生) 수유(須臾)에 하루살이에 비하면 장강(長江)의 삶을 살았다고 자위하면 삶이 더욱 즐거워질 것 같다. 생각에 따라 삶의 가치는 달라지기 때문이다. 다만 누구나 허무의 헐렁한 의상을 걸치고 시간의 층계를 지나는 길손이 정해진 운명인 것도 벗어날 수 없는 사실이다.

석양에 물든 푸르른 황금 솔밭 옆
삼가천(三街川)이 흐르는 북쪽

아흔아홉 칸의 거부(巨富)의 고택(古宅)
세월의 숨결로 남아 힘겨워 하는 모습
석양 노을 향해 그리움을 띄운다

산 너머 멀리 속리산 높이 뜬 달빛 아래
크고 작은 능선은 드러누운 자세로
고택을 지켜보지만
세월을 비켜가지 못한 지난 삶의
흔적을 되돌아본다

임한리(林閑里) 솔향기 묻어 흐르는
종갓집 씨간장이 담겨 있는
팔백여 개 장독대
좌우로 가지런히 줄을 선 채 말이 없지만
무겁고 행복한 종부(宗婦)의 삶이
묻어 흐르고 있다

– 〈종갓집〉 전문

경상도에는 종갓집이 많다. 무겁고 힘겨운 종가를 이어가는 후손이란 너무 버거울 것이다. 그러나 조상을 섬기고 전통을 이어가는 일에 자부심이 없다면 빠르게 변하는 세월에서 허무는 더욱 기승을 부릴 것이다. 선진나라의 도시는 전통을 지키기 위해 오래된 것들을 모두 보물로 간직하는 풍토가 아름답다. 그러나 우리는 쉽게 허물고, 쉽게 짓고의 반복에 전통이 무너지는 소리가 너무 크다. 이를 발전이란 이름으로 우리 스스로를 무너뜨리는 일이 지나치게 만용인 것 같다. 이는

바보짓이고 절대로 되돌릴 수 없는 아픔이다. 종부의 짐은 이런 견지에서 위대하다. 500년의 씨간장을 유지하는 노력은 삶의 가치를 의미한다. 더구나 99칸의 집을 건사, 유지하는 일조차 힘겨울 것이지만 그 가치는 고귀하다 못해 위대한 일이다. 종부의 생은 곧 역사를 짊어진 삶이기에 찬사를 더해도 부족한 이름일 것이다.

에필로그－인생의 무게를 들고

허남준 시인의 시는 불가(佛家)적인 인연의 출발로 시의 길이 열리고 있다. 다시 말해서 인(因)에의 의미가 자발성의 내면 출발이라면 연(緣)은 외부적인 요인 곧 세상에 얽히고 설킨 요소들과의 결합에서 인간의 존재가 드러난다. 심리학의 치밀한 원인과 결과의 유추가 가능하지만 이런 논리적인 의미와는 좀 더 다른 자리에서 인연의 접합은 세상을 만든다. 풍경과 고향 그리고 추억들은 연(緣)이 만드는 삶의 표정들일 때 아름다움을 구축하는 생의 이름을 바라보는 시인의 눈에는 고운 꿈이 어른거린다. 그러나 삶의 무게 그리고 이별과 교차하는 의미망에는 허무가 깃들어 있는 것은 나이와 비례하는 보편성일 것 같다. 다시 말해서 나이가 들어감에 따라 서글픈 감수성이 발동된다. 아울러 고향의 호벅한 정서와 정자, 누각 등의 해박한 지식을 지혜의 숲으로 둘러친 허남준의 시는 생생한 개인의 역사이자 고향의 역사를 복원하는 것 같은 자상함이 놀랍다.

허남준 시집

향수에 젖은 그리움

•

지은이 / 허남준
발행인 / 김영란
발행처 / 한누리미디어
디자인 / 지선숙

•

08303, 서울시 구로구 구로중앙로18길 40, 2층(구로동)
전화 / (02)379-4514, 379-4519
Fax / (02)379-4516
E-mail/hannury2003@hanmail.net

•

신고번호 / 제 25100-2016-000025호
신고연월일 / 2016. 4. 11
등록일 / 1993. 11. 4

•

초판발행일 / 2016년 6월 30일

•

•

값 12,000원

•

•

ISBN 978-89-7969-720-9 03810